스타 서빙 이효찬
세상을 서빙하다

스타서빙 ★ 이효찬

세상을
서빙하다

이효찬 지음

살림

우리 세대 최고의 발견은
인간이 마음가짐을 바꿈으로써
삶을 바꿀 수 있다는 사실이다.
생각을 바꾸면 삶을 바꿀 수 있다.

_윌리엄 제임스 William James

그저께보다 어제,
어제보다 오늘 더 낫다면
"좋습니다, 좋아요!"

나는 스물여덟에 일급 7만 원을 받으며 식당에서 일하는 비정규직 근로자였다. 이런 내게 로또 같은 일이 생겼다. 어느 날부터 몇몇 손님들이 나를 불러 명함을 건넸다. 연락을 달라는 말에 전화를 걸어보면 열에 아홉은 요식 업계에서 내로라하는 식당과 대기업의 임원이었다. 나는 스카우트 제의를 받았다. 그즈음 내가 일하는 식당의 사장님은 아파트 한 채와 1,000만 원 상당의 호텔 피트니스 회원권을 제공해줬다. 사원 중에서 가장 높은 연봉을 받는 일도 생겼다. 일을 시작한 지 6개월이 됐을 때였다. 뿐만 아니라 서비스 정신이 중요한 대기업에서는 강연 요청을 해왔다. 얼마 뒤에는 방송국 문턱을 넘었다. 평생 잊을 수 없는 소중하고 고마운 나날의 연속이었다. 그리고 이제 나의 이야기를 책에 담는다.

나는 고졸 출신이다. 대학을 아예 안 간 건 아니다. 호텔경영학과에 들어갔다가 한 달도 못 되어 그만뒀다. 졸업은커녕 대학 생활을 제대로 향유하지도 않았다. 한때는 가수 지망생이었다. 내가 가수를 하기에 소질이 없다는 걸 깨닫는 데에는 4년이라는 시간이 걸렸다. 그 후 내 힘으로 당장 먹고살아야 하는데 방법을 몰랐다. 한국에서 내가 할 수 있는 일이 없는 것 같다는 생각이 들었을 때, 호주로 돈을 벌기 위해 떠났다. 그곳에 있는 김치 공장에서 매일 17시간씩 일했다. 그리고 우여곡절 끝에 다시 한국으로 돌아왔다.

서울에 와서는 대기업이 밀집해 있는 시청과 광화문 사이에 위치한 만족오향족발이라는 음식점에서 서빙을 했다. 그해에 나는 앞에 언급했던 혜택과 여러 가지 사건을 경험했다. 서빙을 내 천직으로 여긴 지 6개월 만의 일이었다.

나는 그전까지 노선한 분야에서 의기양양하게 성공해본 적이 단 한 번도 없다. 일을 성공으로 이끄는 노하우나 마음가짐도 당연히 알지 못했다. 고등학교를 갓 졸업하고 무턱대고 벌인 쇼핑몰은 패션 센스가 없어서 6개월 만에 접어야 했다. 그전부터 품어온 가수에 대한 꿈을 포기하면서는, 좋아한다고 해서 잘할 수 있는 건 아니라는 깨달음을 얻었다. 세계 여행을 하기 위해 마음 맞는 사람들이 의기투합했지만 공항에 가보지도 못하고 세상의 냉정함만 실감했다. 그런데 서빙만큼은 그렇지 않았다. 내가 가장 즐겁게 잘할 수 있는 일이었다. 남들보다 좀 더 일에 대해 고민하긴 했다. 그 덕분에 효율적으로, 능동적으로, 즐겁게 일할 수 있었다. 그런데 단 한 번도 꿈꿔본 적 없는 것들이 나에게 왔다. 이런 나를 만나기까지 꼬박 10년이 걸렸다.

내게는 소위 말하는 백그라운드가 없다. 사랑하는 부모님과 나를 아껴주는 친척들이 곁에 든든히 있기는 하다. 하지만 열 살이 됐을 때 '나는 내가 지켜야 하는구나.'라고 깨달을 수밖에 없을 정도로 열악한 환경에서 성장했다. 내 배경은 자랑이 될 수도 부끄러움이 될 수도 없지만, 그 덕분에 살면서 단 한 번도 누군가의 그늘 아래에서 평온하게 살아보고 싶다는 꿈을 꾸지도 않았다. 허황된 꿈도 싹이 틀 만한 밭이 있어야 꾸는 것이라고 생각하면서 지내왔다.

그래서 더욱 성공하고 싶었다. 누구보다도 빨리. 그런데 그럴 때마다 보기 좋게 실패했다. 몇 번의 실패를 맛본 뒤에는 자연스럽게 성공에 대한 막연한 욕망을 버렸다. 그 에너지로 어제보다 오늘 더 열심히 살았다. 내가 하는 일을 더 가치 있게 만들고 싶어 마음을 다했다.

그러다 어느 날 주변을 둘러보니 나는 많은 사람들이 아껴주고 응원받는 이효찬이 되어 있었다. 그때 나를 들여다보았더니 이 일을 시작하기 전에 비해 마음도 훌쩍 튼튼하게 자라 있었다. 자신의 일을 묵묵하게 꾸준히 하다보면 미래가 어떻게 뒤바뀌어 있을지 아무도 모른다는 세상의 이야기를 내가 나만의 방식으로 만들고 있었던 것이다.

내가 이 책에서 이야기하려는 것은 '어떻게 그 모든 것들을 젊은 나이에 누릴 수 있었는가?'에 대한 대답이 아니다. 정직하게 삶을 개척할 때 필요한 마음에 관한 이야기다.

인생을 대하는 태도에 따라 삶이 바뀔 수 있음을 체험한 나의 이야기가 이 책을 읽는 사람들의 삶과 마음에 보탬이 되면 좋겠다. 내가 깨달은 것은 네 가지다.

첫째, 나를 발견해야 한다는 것이다. 많은 사람들은 스스로를 아주 잘 알고 있다고 오해한다. 하지만 내가 좋아하는 분야의 일을 처음부터 잘해낼 수 있는 사람은 그리 많지 않다. 그런 사람들은 축복받은 사람이다. 내가 가장 기쁘게 잘할 수 있는 일을 찾아야 한다. 그러기 위해선 나에 대해 더 잘 알아야 한다. 나를 알아야 내가 어떻게 살아갈지에 대한 방향을 정할 수 있다.

둘째, 삶의 목표를 성공이 아닌 성장에 두고 자긍심을 가져야 한다. 낮은 출발점에서 서서히 올라가며 깨달은 것이 있다. 삶의 목표가 성공이면 불행해지기 쉽다는 것. 나를 사랑하지도 못한다. 나는 나에게 가장 친하고 든든한 사람이 되어야 한다. 그러려면 어제의 나보다 더 당당한 내가 되도록 오늘 더 노력하면 된다. 일에 대한 자긍심은 그렇게 생겨난다.

셋째, 검색하거나 타인의 조언에 기대지 말고 나만의 정답을 만들어야 한다. 세상이 너무 세분화됐다. 그만큼 빠르고 복잡하다. 이런 세상에서 살아남기 위해 다들 검색을 많이 한다. 멘토도 있다. 그런데 이 스마트한 시대에서 진짜 살아남는 방법은 사색하기다. 이것만이 온전한 정신을 갖게 해줄 것이다.

넷째, 경험을 무시하거나 가볍게 여기지 않는 것이다. 작은 경험이 쌓여 내가 되고 꿈이 된다. 진실된 꿈은 직접 경험이든 간접 경험이든 내가 경험한 것 안에서 성장한다. 그리고 그 경험과 생각이 모여 나를 성장시킨다.

사람은 좋아하는 일을 즐겁게 하며 살아야 행복하다. 스스로 생각하고 움직이자. 자신을 주인공으로 대할 줄 아는 사람만이 성장하는 인생을 꾸려나갈 수 있다. 이 책을 통해 나와 만난 당신도 어제보다는 오늘 더 미래의 두려움에서 벗어나길 바란다.

| 차례 |

STEP 2
좋습니다!
어쨌든 이 지구가 저를 도울 거니까요

STEP 3
준비성 없는 여행자라도
좋아요!

STEP 4
좋습니다!
여름엔 덥고 겨울엔 추워야죠!

STEP 1

계획이 갑,
인생이 을이라고요?

내 인생에
서빙 님이 입장하셨습니다

스물두 살에 나는 가슴에 원대한 꿈을 품고 있었다. 그 꿈은 바로, 가수가 되어 세계를 나의 무대로 만드는 것. 누구보다 흥이 많았고, 밝았고, 여러 사람과 함께 웃는 것이 좋았다. 돈도 많이 벌고 싶었다. 이제는 말하기도 민망할 만큼 얼굴이 화끈거리는 옛이야기가 됐지만 그때는 그랬다.

나를 믿어주고 응원해주는 말보다 냉소적이고 걱정 섞인 말을 더 많이 들으며 4년을 보냈다. 그럼에도 불구하고 꿈을 포기하지 않았던 것은 나 자신을 배신하고 싶지 않았기 때문이다.

다른 사람들 입을 통해 '어린 날의 철없는 짓'으로 치부되는 것
도 싫었다. 그럴수록 가수로서 꼭 성공하고야 말겠다는 의지를
불태웠다. 그렇게만 된다면 당시에 겪은 설움을 모두 달랠 수
있을 거라고 나를 달랬다.

그리고 고민했다. 무엇을 통해 세상에 나를 알릴 것인지. 오
디션을 보고 기획사에 들어가는 것은 일반적인 방법이기 때문
에 성에 차지 않았다. 나는 혼자서 오래 고생하더라도 한번에
크게 유명해지고 싶었다. 그래서 나는 이런 계획을 세웠다. 전
세계를 돌아다니면서 노래를 만들고 공연하는 내 모습을 영상
에 담아 나를 알리자고.

사람들에게 내가 정성껏 만든 음악을 전하면 그들의 가슴에
무엇인가가 따뜻하게 남을 거라고 기대했다. 그렇게만 된다면
나는 많은 기획사들로부터 러브콜을 받을 테고, 한국에 돌아와
서는 존 메이어나 제이슨 므라즈 같은 가객으로 새로 태어날 거
라는 상상이 있었다. 그래서 나는 4년 동안 음악 대학에 진학해
미래를 준비하거나 기획사 오디션을 보려고 한 적이 단 한 번도
없었다. 내 방법이 더 근사하다고 생각했기 때문이다.

그렇게 원대한 꿈을 품고 이 프로젝트를 함께할 팀까지 꾸렸
다. 함께하는 사람들은 전 KBS 방송작가, 조연출, 작곡가였다.
우리는 가장 먼저 우리나라 기업 100개를 꼽아 후원을 부탁했

다. '그중에 한 곳은 해주겠지.'라고 기대했는데 어디서도 좋은 반응을 얻지 못했다. 사회는 녹록지 않았다. 노력과 결과 없이 말만 요란한 청춘들에게는 냉정하기만 했다. 그 덕분에 우리는 세상을 좀 더 배웠다.

어쨌든 돈을 후원받을 수 없다면 스스로 벌어서 가자는 생각에 각자 돈을 모으기로 했다. 그래서 나는 길거리에서 김밥을 팔았고 조갯집에서 서빙 일을 했다. 서빙을 할 때는 월드 스타로 추앙받는 가수이자 영화배우인 비가 「닌자 어쌔씬」이라는 영화를 찍고 돌아온 직후였다. 그가 동료들과 함께 내가 일하는 식당에 왔다. 그를 본 나는 동료들의 만류에도 불구하고 그에게 말 붙일 기회를 엿봤다. 그리고 해물 라면을 먹는 그에게 다가가 이렇게 인사했다.

"안녕하세요! 저는 가수 지망생입니다. 나중에 저도 좋은 가수가 될 겁니다!"

그리고 악수를 청했다. 그는 면발을 끊으며 흔쾌히 악수를 받아줬다. 그때 상상했다. 5년 뒤, 티비 토크쇼에서 앉아 있을 나를. 스타가 되어서 그와 같은 프로그램에 게스트로 초대되고, 내가 그 시절을 수줍고 반갑게 이야기하는 장면을 말이다.

가수 지망생으로 사는 동안 잠들기 네 시간 전에는 목 관리를 위해서 물 한 모금 마시지 않았다. 생활 자체가 음악에 맞춰져 있었다. 남들 보기엔 힘든 것 같아도 나는 즐겁던 시절이었다. 그래서 더욱, 좋은 가수가 될 거라는 믿음이 있었다. 그런데 이런 나에 비해 월드 스타인 그가 새벽 한 시에 해물 라면을 먹고 있다고 생각하니 왠지 모르게 기분이 좋았다. 그날 밤만큼은 내 태도가 월드 스타보다 낫다는 생각이 들었기 때문이다. 꾸준히 자기 관리를 하다보면 나도 언젠가 저 자리에 가 있을 것이라는 부푼 마음이 매일 피어났다.

하지만 4년이라는 시간이 지나도 세계 여행은커녕 제자리 걸음마냥 진척되는 게 거의 없었다. 그러다보니 몸도 마음도 지쳐 결국 음악도 포기했다. 그때 나는 세계 얻어맞은 것 같이 머리와 마음이 얼얼했다. 그리고 다시 생각했다. 누구보다 자기 관리에 열을 쏟던 나는 왜 꿈을 이뤄보지도 못하고 실패했는지.

이유는 복잡하지 않았다. 마음은 마라톤 선수처럼 달리고 있는데 노래와 춤이 후달렸기 때문이다. 나는 고음을 낼 수는 있지만 음정을 못 맞췄고, 춤을 잘추는 게 아니라 기계체조 같은 동작을 잘하는 것이었다. 그때 깨달았다. 나 스스로를 똑바로 알지 못하면 이렇게 삼천포로, 그것도 4년이나 지낼 수 있다는 것을. 그 4년에 대해 착각과 집착으로 마음이 가득 차 있었던 시기라고 스스로 말할 수 있기까지도 시간이 오래 걸렸다.

나는 이 실패를 모른척하지 않았다. 마음껏 슬퍼하다가 마음을 추스르고 나니 다시 열심히 살고 싶은 욕심이 생겼다. 그동안은 내가 하고 싶은 것 하나만 바라보고 살았으니 이젠 내가 진짜 오랫동안 잘할 수 있는 일을 찾기로 했다. 나의 성향을 제대로 알고 내가 잘할 수 있는 직업, 좋아하는 일을 새롭게 찾는다면 월드 스타 비가 아니라 마이클 잭슨이 살아 돌아와 내 곁에 있다고 해도, 그들이 나를 따라오지는 못할 거라는 믿음이 생겼다.

그리고 한동안 나에 대해서만 생각했다. 흰색 A4 종이 여러 장을 벽에 붙여놓고 '내가 잘하는 것, 못하는 것, 할 수 있는 것'을 시도 때도 없이 적어댔다.

그 결과 육체노동을 잘하는 나를 알게 됐다. 활동적인 일로 진로 방향을 바꿨다. 그리고 어떤 것을 학습해야 할 때 남들보다 시간이 오래 걸린다는 것을 알게 됐다. 그러니 사무직은 피해야 했다. 이렇게 하나씩 나를 새로 알아갔다.

이런 식으로 나는 앞으로 나아갈 수 있는 지표를 만들었다. 지금 스타 서빙으로 불리는 나는, 실패한 뒤에 새롭게 발견한 나다. 나는 내 경험담을 나누는 강연에 다닐 때마다 이렇게 말한다.

"최선을 다했는데도 실패하게 되면 어떤 확신과 발견이 생겨납니다. 왜 실패하게 됐는지를 명확하게 알아내세요. 그게 곧 나를 알아가는 거예요."

성공한 사람이 인생의 새로운 맛을 알고 성공의 원리를 터득하듯이, 실패한 사람들은 실패하지 않는 법을 발견하기를 바란다. 가장 열정적으로 살았던 시간이 아무 소용도 없게 됐음에도 불구하고 지금 내가 이렇게 웃으며 이야기할 수 있는 이유는, 정말 잘사는 내가 되었기 때문이다.

많은 사람들이

나에게 꼭 맞는 꿈의 직업 찾기를 포기하는 이유는

직업에 대한 정보가 부족하기 때문이 아니라

'나'에 대한 정보가 부족하기 때문일지도 모른다.

나를 알면,

소소한 일상 속에서 내가 어느 때 가장 행복한지를

충분히 관찰한다면

절실함이 나침반이 되어줄 것이라고 믿는다.

우리가
겨울의 새순이라면

20대 초, 중반에 나의 삶이 어느 방향으로 가야 할지 명확하게 아는 사람은 몇이나 될까? 어떻게 해야 명확하게 알 수 있을까? 직업이라는 건 '단지' 먹고 살기 위해 하는 일일까, 먹고 살기 위한 '나만의 숭고한' 일일까?

나 역시 또래보다 사회생활을 일찍 시작한 사람 중 한 명이다. 가수 지망생으로 시작해 족발집 사장님이 되기까지 다양한 사람들을 만났다. 그중에는 자신의 일을 노동으로만 여기는 사람이 있었고, 인생의 목표를 출세에 두고 열심히 달리는 사람이 있었다. 직업 자체를 어떤 운명이라고 생각하고 성실하게 살아가는 사람도 있었다.

노동으로 생각한 사람은 자기실현보다 경제적인 보상이 더 중요한 것처럼 보였다. 월급날은 "카드값이 월급을 인터셉트!" 하는 날이기도 했지만 한 달을 알차게 보낼 새로운 시작이기도 하다. 하지만 유독 그 사람에게는 세상의 전부가 월급 자체인 것처럼 보일 때가 있었다. 회사에 기대하는 것도 바라는 것도 없이 주말과 휴가를 기다렸고 늘 무기력했다.

출세가 목표인 사람은 이득, 성공, 권력과 같은 외부 요인에 따라 자신의 뜻을 바꾸었다. 동료에게 상처를 주기도 했고 자신이 상처를 많이 받기도 한 것 같았다. 하지만 한 계단씩 자신이 목표한 것을 이룰 때는 세상을 다 가진 것처럼 즐거워 보였다. 하지만 또 다른 목표가, 또 다른 성공이 있기 때문에 그는 종종 버거워 보였고 지쳐 보였다.

일을 운명이라고 여긴 사람이 가장 흥미로웠다. 일을 하는 것 자체가 목적인 것처럼 보였기 때문이다. 그런 사람이라고 해서 보수가 중요하지 않거나 출세를 소홀하게 여기는 것도 아니었다. 앞서 말한 두 부류의 사람과 명확하게 다른 건 '일'이 삶의 수단이 아니라 삶 자체처럼 보였다는 것이다. 스스로 원해서 하는 일, 좋아서 하는 일이 많아 보였다. 에너지는 늘 자신의 가슴에서 나왔고, '진인사대천명'을 읊으며 자신의 결과에 만족할 줄 알았다. 그렇게 하나씩 그릇을 넓히고 키워갔다. 일하는 것을 의무가 아닌 특권이라고 여기듯이.

나는 그런 사람이 좋았다. 마음엔 늘 명확한 기준이 있고, 여러 가지 변수와 악조건에 의지가 꺾이지 않는 모습이 부러웠다. 삶을 풍성하게 만들고 싶다면 자신의 기준을 세우고 어떤 유혹과 질타에도 흔들리지 않아야 한다는 걸 그때 배웠다.

일과 삶의 기준을 만든다는 것은 그런 것이다. 내가 원하는 일을 통해 내 삶을 만들어가는 것. 삶이 일에 끌려다니지 않는 것. 삶을 위해 일을 하는데도 결국 남는 게 없어 공허한 시간을 살지 않는 것.

어느 기업의 대표님이 자신의 어린 시절에 대해 얘기했다.

"초등학생 때 겨울이 되면 학교에서 논을 밟고 다니게 했어. 이게 행사였어. 겨울에 땅이 얼면 부풀거든. 그럼 봄에 새순이 그 붕 뜬 땅에 트는 거야. 그럼 새순은 뿌리가 약하고 짧으니까 쉽게 뽑히거나 제대로 못 자라. 그래서 미리부터 자근자근 밟아줘야 하는데, 아이들이 이럴 때 제격이었어."

나는 머릿속으로 그 장면을 상상했다.

"그런네 효찬아."

"예."

"초년 출세도 겨울의 새순이랑 같아."

"네?"

그분은 초년에 출세하게 되면 붕 떠 있는 땅에 뿌리를 살짝 내린 새순처럼 살게 된다고 했다. 누구도 땅을 단단하게 밟아주지 않으면 제대로 크지 못하거나, 땅이 숨을 쉬는 동안 밀려나서 뽑힌다는 뜻이었다. 그리고 그 땅을 밟아주는 사람은 그 싹을 어여쁘게 보고 돌봐주려는 마음이 있는 멘토이거나, 경험이 풍부해서 여러 이야기를 해줄 수 있는 어른이면 좋다고 했다. 겸손을 잃지 말고 물어물어 세상을 살라는 뜻인 것 같았다.

나는 멘토라 불리는 사람들을 어떠한 지침서로 볼 것이 아니라 참고서 정도로만 생각하면 좋을 것 같다고 생각한다. 우리가 여행지를 갈 때 먼저 다녀온 여행자에게 이야기 정도는 들을 수 있지 않은가. "모퉁이를 돌면 물웅덩이가 하나 있고 더 안쪽으로 들어가면 사과나무들이 잔뜩 있어."라는 정보를 미리 알 수 있는 정도 말이다. 물웅덩이에 발을 담그든, 사과를 따먹지 않고 그냥 가든, 그때부터는 나의 이야기이고 나의 여행이기 때문에 내가 선택하고 싶은 대로 하면 된다. 하지만 이야기를 듣고 가는 것과 듣지 않고 가는 데에는 많은 차이가 있을 수 밖에 없다.

요즘 내 계획을 알차게 실현하기 위해서 건강관리에 힘쓰고 있다. 그리고 운동을 혼자 하는 것과 퍼스널 트레이너와 함께하는 것에는 분명한 차이가 있다는 것을 알게 됐다. 트레이너는 자신이 운동하면서 깨닫게 된 방식으로 가르쳐주기 때문에 조금 더 정확한 자세와 노하우로 나를 이끌어준다. 열심히만 한다면 그 트레이너 같은 체형을 만들 수도 있다. 아마 무턱대고 혼자 운동을 하게 되면 잘못된 동작으로 부상을 입을 수 있고, 더 오랜 시간을 들여야 할 수도 있다. 어디가 잘못됐는지 모른 채로 시간을 허비할 수도 있다. 건강과 음식에 대한 이해도 없어서 똑같은 시간을 운동해도 효과가 크지 않을 수도 있다. 이처럼 가고자 하는 분야에 멘토가 없고 있고의 차이는 확실히 있다.

그러나 멘토는 만병통치약이거나 신이거나 점쟁이가 아니다. 자신의 분야에서는 최고일지 몰라도 사람에게 일어나는 모든 일을 꿰뚫어 볼 수는 없다. 그래서 우리는 가장 나다운 사람이 되어야 한다. 멘토의 모든 행동과 결정을 다 따를 것이 아니라 나의 가치관과 신념에 따라 행동하고 책임을 져야 한다. 실패 앞에서 '저 사람이 이렇게 하면 잘된다고 했는데……'라는 변명이 일어나지 않도록 행동할 줄 알아야 한다. 삶에는 모든 이에게 통용되는 정답이 없다. 그렇기 때문에 우리는 삶에서 자신만의 답을 만들어갈 줄 알아야 할 것이다. 그게 바로 살아가면서 성장하는 것이라고 믿는다.

세상 사람들 모두가 서로에게 지표이자 멘토가 될 수 있다. 화를 내는 사람을 통해서도 요령을 피우는 사람에게서도 게으른 사람에게서도, 그들의 생각과 행동을 보고 느끼는 것이 있어야 한다. 내가 어떻게 느끼고 생각하느냐에 따라 다양한 형태의 거름이 될 것이다. 나는 이런 의미로 모두가 멘토를 가졌으면 좋겠다. 한 사람을 멘토로 정할 것이 아니라, 나의 눈과 생각으로 세상 사람들을 바라보고 그 안에서 스스로 느끼고 행동했으면 한다. 아무리 훌륭한 멘토라고 해도 내 안의 열정과 나만의 가치를 알아내는 것은 나의 몫이다. 그것을 해낼 사람은 오로지 자신뿐이다.

된장찌개가 남긴
교훈

CBS에는 「세상을 바꾸는 시간 15분」이라는 프로그램이 있다. 이 프로그램이 익숙한 사람들은 '세바시'라고 줄여 부른다. 이 프로그램에는 세바시 스쿨이라는 부설 같은 프로그램이 있다. 일방적으로 강연을 듣는 자리가 아니라 서로의 이야기를 하며 스스로에게 질문을 던지게 만드는 자리라고 생각하면 된다. 그리고 나는 이곳에서 한 달 동안 2주에 한 번씩 직업에 관계없이 서른네 살 이하의 청년들을 만나 대화하는 선생의 역할을 하게 됐다.

진짜 학교처럼 나 혼자 누군가를 가르치고 책을 읽는 곳은 아니다. 그저 내 이야기를 하면서 사람들의 이야기를 듣고 생각을 공유하는 자리를 갖는 것이 전부다.

처음에는 '선생님'이라는 단어가 갖는 무게가 너무 어렵게만 느껴져서 나 스스로에게 자격을 많이 물었다. 그리고 그곳에서 사람들을 마주보고 시간을 보내는 동안 내가 꺼낸 주제에 사람들의 생각과 이야기가 붙고, 다른 사람들이 사는 방식을 전해 듣는다는 것이 더 좋아졌다. 그리고 문득, 사람들에게는 저마다 삶의 높낮이와 고됨의 강도가 있는 것 같다고 느꼈다.

세바시 스쿨을 하는 동안 기억에 남는 수업이 있다. 인생 그래프를 만드는 수업이었다. 태어나서부터 지금까지 자신이 행복했던 순간과 힘들었던 순간들을 그래프에 나타내 선을 이어 보는 것이었다. X변에는 나이를, Y변에는 +, − 를 표시하고, 위아래로 스티커를 붙였더니 인생 곡선이 나왔다. 수업에 참여한 사람들이 좋아했던 시간 중 하나였다. 그만큼 사람들의 진솔한 면들을 마주볼 수 있었다.

나는 이 프로그램을 하면서 모든 사람에게서 세 가지 공통점을 발견하게 됐다. 첫째는 굴곡 없는 삶을 사는 사람은 없다는 것. 둘째는 어떤 지점에 있건 그 시기를 오랫동안 유지하는 사람 또한 없다는 것. 그리고 마지막으로는 살아있는 한 그래프도 정지하지 않는다는 것이다. 그렇기에 현재의 내가 어느 지점에 있다 하더라도, 그것이 최하점이든 최고점이든, 자만하거나 절망에 갇혀 있으면 안되겠다는 생각이 들었다. 인생 그 자체를 멀리 봤을 때, 그 모든 순간들이 그저 내가 붙인 스티커처럼 찰나의 순간과 하나의 지점에 불과하기 때문이다.

내가 첫 번째로 스티커를 붙인 지점은 열 살 때다. 마이너스 부분 가장 아래에 스티커를 붙였다. 그 스티커에는 된장찌개라는 제목을 붙였다. 그날은 어머니가 뚝배기에 된장찌개를 보글보글 끓여준 날이었다. 그런데 어머니가 내 앞에까지 상을 들고 오다가 상을 잘못 기울인 바람에 그 뜨거운 된장찌개가 고스란히 내 몸으로 떨어졌다.

나는 너무 뜨거워서 비명을 질렀던 것 같다. 찌개 그릇이 상에서 스르륵 흘러 내게 엎어지는 순간이 무척 길게 느껴질 정도로 나는 그 순간이 두려웠다. 어머니는 소리를 질렀다. 그리고 원망스런 눈으로 두리번거리는 나를 보면서 어쩔 줄 몰라 했다. 우리는 아무 말도 못 하고 있었다. 울음이 났다. 나를 슬프게 한 건, 어머니가 나를 보고 있기만 했다는 사실이었다. 어머니에게 악의가 있어서는 아니었다. 그녀가 가진 달란트가 피부에 느껴지는 뜨거움을 잊게 했다. 마음 어딘가가 나들어가듯 뜨거웠고 펑펑 울었다. 부모님이 가진 정신지적장애라는 한계를 몸으로 느껐기 때문이다. 어린 나이였지만 그때 깨달았다. 부모님이 나를 보호해줄 수 없다는 사실과 나를 지켜내기 위한 모든 일들을 스스로 해결해야만 한다는 것을 말이다. 자리에서 일어난 나는 된장찌개로 잔뜩 축축해진 미지근한 옷을 벗었다. 그리고 욕조에 걸터앉아 펑펑 울면서 찬물이 다 차오를 때까지 기다렸다. 그 일이 내 인생에서 처음으로 이야기할 수 있는 마이너스 자리다.

그 이후부터는 벌에 쏘이거나 다쳤을 때, 다른 친구들처럼 부모님을 부르지 않았다. 나 혼자 또는 다른 어른에게 도움을 청했다. 그리고는 자연스럽게 선택과 행동에 있어서도 타인들에게 좌우되기보다는 내가 주체가 되어 능동적으로 해내는 것들이 많아졌다.

그래프 그리기를 하면서 또 느낀 점이 있다. 마이너스가 꼭 마이너스가 아니며 플러스도 꼭 플러스가 아니라는 점이다. 이 말을 궤변이라고 느끼는 사람들이 있겠지만, 플러스든 마이너스든 인생의 일부분일 뿐이라는 말을 하고 싶다. 내 힘으로는 어쩔 수 없는 것들이 중력만은 아니라는 것이다.

한 친구는 어렸을 때 부모님이 돌아가셨다. 그 친구는 어린 시절에 대한 스티커를 붙일 때 마이너스 중에서도 가장 아랫부분을 골랐다. 중학교, 고등학교를 지나 사회인이 되는 과정에서 마이너스는 점점 플러스에 가까워졌다. 흐름을 보니, 그때의 그 상황보다 더 내려간 스티커는 없었다.

그 친구도 다른 또래처럼 학업, 공부, 진로에 관해서 스트레스를 받았지만, 부모님과 이별한 큰 사건 때문에 다른 스트레스나 힘듦에 대해서는 조금 관대해진 것 같다고 했다. 그녀는 "부모님을 일찍 여의고 혼자 힘으로 생활을 해야 하는 부분이라든가, 공부하는 부분에 있어서 또래 친구들과는 다를 수밖에 없었다."고 했다. 그녀의 말을 이해하기 조금 어려워하는 사람도 있는 것 같았지만, 나도 부모님 덕분에 스트레스에 대한 내성이 강해진 사람이기 때문에 공감할 수 있었다.

아주 어려운 환경에서 출발을 하는 사람들 중에는 나와 그 친구처럼 삶의 마이너스인 부분을 부끄러워하거나 비관하지 않는 사람도 있다. 일어난 상황을 그대로 인지하고 내가 할 수 있는 일을 해나가는 사람들이다. 그들이 무조건 기쁘게 산다고 말하기는 조심스럽다.

하지만 분명한 것은, 삶의 플러스 지점과 마이너스 지점의 가치는 똑같다는 것이다. 드라마를 보면 심장이 바르게 뛰고 있는지를 측정하는 기계가 나온다. 일정한 심박수가 그래프로 표시된다. 그러다 그 인물이 생명을 다했을 때 아주 슬프고 귀에 콕 박히는 일정한 전자음이 난다. 그때 의사를 연기하는 배우들이 고개를 절레절레한다.

그 수업 때 우리가 그래프에 요약해본 인생이 심장박동 그래프를 닮았다. 심장이 높낮이를 내며 뛰듯, 삶도 힘차게 뛰어야 한다. 그것이 마이너스든 플러스든 우리는 그러한 굴곡들을 당연하게 받아들여야 한다. 나는 살아있으므로 언젠가 죽는다.

결국 우리 모두는 자신이 겪을 수 있는 어떤 한도 내에서 최하점을 찍는 일을 필연적으로 맞게 된다. 그것이 부모님의 죽음이든, 다른 상황에서의 최하점이든. 그래서 인정해야 한다. 인생은 원래 그렇다는 것을. 최하점도 내 인생에 있어서 하나의 나이테이고 하나의 지점이라고 말이다.

눈치도, 관찰도
애정이 있어야죠

팽이와 구슬을 주머니에 넣어 다니기 시작한 여덟 살에 내 부모님이 다른 어른들과 다르다는 걸 알게 됐다. 그래서 나는 조금이라도 더 평범해지기 위해서 사람들의 눈치를 보며, 사소한 일에서도 다른 사람들의 행동을 흉내 냈다.

지금도 기억에 남는 것 중 하나는 초등학교 2학년 때 일이다. 친척의 결혼식에 갔을 때였다. 피로연 음식으로 설렁탕이 나왔다. 눈치껏 어른들의 행동을 살피며 새우젓과 후춧가루를 차례로 넣었다. 들깻가루를 마지막으로 넣는 맞은편 친척 어른의 행동을 보고는, 나도 마침 그럴 생각이었다는 듯이 숟가락으로 세 번 가득 들깻가루를 넣었다. "제법인데?" 하는 말이 어디에선가 들렸다. 나는 또 얼른 눈을 돌려 마무리로 깍두기 국물까지 졸 졸 따라냈다. 내 생애 최초로 사람들에게 찬사 아닌 찬사를 받은 날이었다. "어린놈이 먹을 줄은 아네." 하는 말이 들리고 기특하다는 웃음도 들렸다. 그 뒤로 습관적으로 사람들의 눈치를 봤다. 따라쟁이로 한동안 살다가 끝이 날 수도 있었을 텐데, 다행히 나는 관찰자로 방향을 전환했다.

관찰에는 두 가지가 있다. 나는 이것을 자기 관찰과 타인 관찰로 종류를 나눴다. 똑같이 주어진 상황에서도 나를 다른 사람들 속에서 차별화할 방법은 이 두 가지에서 찾을 수 있다.

친구가 신생아 중환자실에서 실습을 할 때 내게 들려준 이야기다. 실습 초반에는 아기들의 울음소리가 모두 똑같이 들렸는데, 어느 순간부터는 배고플 때 우는 소리, 기저귀가 젖어서 우는 소리, 아파서 우는 소리 등 아기들이 보내는 신호가 미묘하게 구분됐다고 했다. 나는 같이 실습을 한 다른 친구들도 그렇게 구분할 수 있게 되었냐고 물었다. 친구는 그건 아닌 것 같다고 대답했다. 당연한 대답이었다. 미묘함을 느꼈던 사람들은 아기들을 더 많이 관찰한 결과를 그렇게 체득한 것일 테니까.

울음소리에서 차이를 느끼지 못했던 사람들은 덜 관찰했기 때문이다. 어떤 문제 앞에서 충분한 대화가 불가능하더라도 자신의 역할을 잘해내야 하는 사람에게 이 관찰력이 얼마나 중요하고, 또 필요한지를 친구의 이야기를 통해 새삼 실감했다.

서빙을 할 때도 그렇다. 서빙하는 사람에게 관찰력은 여러 가지 능력을 키우게 하는 바탕이 된다. 관찰력이 좋아지면 일을 하는 데 있어서 아주 중요하고 센 에너지를 갖게 된다. 아주 기본적인 것을 이야기하자면 이렇다. 손님이 시선을 위쪽에 두고 두리번거리면 화장실을 찾는 것이다. 그리고 아래를 보며 두리번거리면 핸드폰 충전할 곳을 찾는 것이다. 핸드폰을 귀에 대고 두리번거리면 일행을 찾는 것이고. 사실 이것들은 단순한 반응들이라 알아채기 쉽다.

하지만 관찰을 하지 못한 사람들은 오히려 손님들에게 물을 것이다. "뭐 찾으세요?"라고. 솔직히 말하자면 이렇게 손님에게 질문을 하는 사람조차도 만나기 어려운 게 현실이다. 그러나 성실한 서빙가라면 이때야말로 손님에게 더 좋은 감동을 줄 수 있다. 그래서 나는 손님들의 시선과 행동들을 보면서 발빠르게 그들의 니즈를 채워주려고 했다. 일행을 찾고 있으면 같은 연령대나 옷을 입은 스타일이 비슷한 사람들을 우선순위로 알아보고 찾아줬다. 화장실을 찾는 손님이 여성일 때는 속삭이거나 손짓, 발짓, 수화를 해가며 재미있게 알려줬다.

만약 당신이 아기의 엄마라면 어떤 간호사에게 신생아를 맡기고 싶겠는가? 당신이 고용주라면 어떤 서빙가를 고용하고 싶겠는가? 주변을 둘러보며 잘 생각해보자. 실력으로 성공한 사람들 중에 관찰력이 부족한 사람은 아무도 없다. 관찰은 곧 새로운 것을 발견할 수 있다는 가능성을 의미한다. 나는 관찰을 통해서 사람들에게 좋은 영향을 주자는 삶의 목표를 발견하기도 했다. 더불어 나의 달란트도 발견하게 됐다.

뉴턴의 사과도 관찰이자 발견이다. 만약 뉴턴이 관찰을 하고 생각을 확장시키지 않았다면 떨어진 사과가 뉴턴에게 어떠한 의미를 주었을까? 늘 당연하게 떨어지는 사과, 늘 똑같이 들리는 아기 울음소리, 매일 손님들로 꽉 찬 가게……. 우리가 생활하는 환경은, 개개인의 일상은, 너무나 반복적이다. 남들에겐 특이하거나 색다른 지점이 있는 것처럼 보인다고 하더라도 그 삶의 주인공은 자칫하면 지루하고 사소하다고 느낄 수도 있다.

하지만 강조하건대, 우리는 그 안에서 차별화된 행동과 생각을 해야 한다. 더 많은 변화와 성장은 그렇게 만들어진다. 살아가는 데에 필요한 내공도 관찰하는 습관에서 시작된다. 그래서 성장하는 사람에게 관찰력은 꼭 필요하다. 여기에서 영감을 주는 발견이 시작되고, 삶에 관한 물음에 스스로 답할 수 있는 능력이 생길 것이다.

다음 문장 중
마음에 드는 것을 고르세요!

한 분야에서 10년간 꾸준히 하면 전문가가 된다고 한다. 나 또한 스무 살부터 9년 동안 실패라는 분야에서 활약했기 때문에 올해까지 실패하면 실패 전문가가 된다. 결국 내년에는 미다스의 손이 아니라 마이너스의 손이 되어서 내 손에 닿는 모든 것들은 다 실패로 변해버릴지도 모른다. 정말 슬프지 않은가?

하지만 나에게는 희망이 있다. 왜냐하면 이 9년간의 실패에 성상이 함께 해왔기 때문이다. 만약, 10년짜리 성공과 성상이 힘을 겨룬다면 어떤 쪽이 더 우세할까? 나는 성장에 한 표를 던지고 싶다. 이 글을 읽는 여러분 중 어느 쪽에 표를 던져야 할지 아직 정하지 못했다면 다음 문장을 마음으로 따라 읽어보아도 좋을 것 같다.

"저 사람은 성공하는 사람이야."

"저 사람은 성공한 사람이야."

"저 사람은 성장하는 사람이야."

"저 사람은 성장한 사람이야."

위의 네 문장 중 마음에 드는 것이 무엇인지 골랐는가? 얼핏 보면 네 가지 말 모두 어렵지도 어색하지도 않아 보인다. 그런데 여러 번 읽어보면 어딘가 분명히 '성공'과 '성장'에 어울리는 말의 형태가 있다.

'성공'에는 목표한 바를 마침내 이뤄냈다는 뜻이 담겨 있다. 그러니 '성공한'이라고 쓰는 것이 좀 더 걸맞다. '성장'은 완결형으로도 쓸 수 있지만 인생 전체를 보았을 때 계속 가능성이 열려 있기 때문에 '성장하는'이라고 말하는 편이 더 어울린다고 생각한다. 언어가 오랜 시간 여러 사람들의 삶을 통해 태어난 것이니 만큼, 나의 삶은 성장에 가까우면 좋겠다. 그래서 끝없이 계속 단단해지고 높아지기를 희망한다.

가수를 꿈꿀 때는 하루 빨리 '성공한 사람'이 되고 싶었다. 목표 지점까지 다 이루고, 그 뒤부터는 내가 쌓은 부와 명예를 누리면서 살 생각을 종종 했다. 몸과 마음이 지쳤을 때 그런 상상 덕분에 힘듦을 이겨낼 수도 있었다. 그런데 그 길에 미련을 버리고 하루하루 나답게 사는 일에 집중하다보니 이 세상을 살아가려면 내면이 얼마나 튼튼해야 하는지를 깨닫게 된다. 매일이 비슷한 것 같아도 조금씩 새로운 일들이 내게 다가왔고, 나는 그런 일들을 잘 해결하며 살아가야 하는 사람이 됐다. 그러면서 '매일 성장할 수 있으면 좋겠다. 그런 사람이 되자!'고 마음을 다지게 됐다.

돈은 있다가도 없고 없다가도 있다. 이럴 때도 있고 저럴 때도 있는 게 우리네 인생이라고 하지 않던가. 그러니 성공에 연연해서도 실패에 너무 얽매여서도 안 된다. 좋은 대학교에 입학한 것만으로 성공했다고 할 수 있을까? 그렇다면 좋지 못한 대학교에 들어간 것은 삶을 완전히 실패한 걸까? 취업도 마찬가지다. 우리가 책을 읽는 것도 공부를 하는 것 모두 성장하기 위해서다. 어디에서 무엇을 하든 그것은 끝이 아니다. 그러므로 당신은 지금부터 당장 성장할 수 있다.

끓는 것은 소리가 나도 식는 것은 소리가 나지 않는다. 눈 또한 소리 없이 내려 두껍게 쌓인다. 결국 성공했다고 말하는 사람들은 언젠가 다시 실패하게 된다. 성공했기 때문이다. 더 끓였다고 말할 수 있기 때문이다. 어느새 쌓여 있기 때문이다.

그래서 더 많은 사람들이 성공보다 성장에 초점을 맞추어 살면 좋겠다. 우리가 두려워할 것은 실패와 성공이 아니라, 성장하지 못하는 자신이다.

이 험난함에서
나를 지키는 방법

요즘 사람들 앞에서 강연을 하면 나는 잠깐 동안 이런 생각을 해본다.

'과연 사람들이 내 말을 듣고 변할 수 있을까? 내 말 속에 든 마음이 제대로 전달이 되고 있기는 할까?'

왜 이런 걱정을 하느냐면, 나도 스스로 내 실패에 관해 깨달음을 얻기 전까지 세상에 수두룩하게 널린 좋은 말들을 제대로 흡수하지 못했기 때문이다. '아는 것'과 '기억하고 행동하는 것'에는 굉장히 큰 차이가 있다. 그러니 내가 강의 중에 이야기하는 것들은 살면서 얻은 살아 있는 깨달음이지만, 다른 사람들에 겐 죽은 지식처럼 느껴질 수 있다는 걱정이 늘 있다. 그래서 강의 때마다 한 번이라도 더 사람들의 눈을 바로 보려고 노력한다. 마음이 전해지기를 바라면서.

지식만으로는 성장하는 삶을 만드는 데에 한계가 있다. 쌓아온 지식을 모아 미래를 구체적으로 계획해놓고도 작심삼일로 끝나버리는 경우를 자주 보았다. 이런 데에는 이유가 있다. 그 사람이 못나서라거나 무식하기 때문이 아니다. 감히 말하건대, 이러저러한 이유로 마음에 게으름이 끼어 있기 때문이다. 마음에 열정이 없기 때문이다. 간절함이 부족하기 때문이다.

열정적이면서도 뚝배기처럼 오래가는 사람이 되려면 신념이 필요하다. 이 신념은 나를 바탕으로 해서 세워야 한다. 그래서 자기관찰이 필요하다. 처음에는 어디서부터 어떻게 해야 할지 막막하겠지만 의외로 쉽다. 일기를 쓰면 된다.

나는 꼭 기억해두고 싶은 이벤트가 있거나 생각할 거리들이 있으면 글부터 쓰려고 한다. 그래야 정리가 되고 이해를 할 수 있기 때문이다. 때때로 자존감을 높여주기도 하고 스트레스를 덜어낼 수도 있다.

군대를 생각하면 이해하기 쉽다. 가장 계급이 낮았던 이등병, 일병 때는 일기도 열심히 쓰고 종교 활동도 착실히 하는 사람들이 많다. 감정 처리할 곳이 필요하기 때문이다. 선임병에게 받은 스트레스를 글과 말로 표현하다 보니 해소가 되었던 거다. 하지만 상병이 된 순간부터는 일기도 점점 안 쓰게 되고 교회도 선택 사항이 되어버린다. 감정을 분출할 수도 있게 됐고, 지금의 나에게 적응도 했고, 더 이상 오늘과 내일이 다르지 않은 삶, 긴장 없는 삶을 살기 때문이다.

사회도 마찬가지다. 선임병 같은 사람들로부터, 정신없는 사회로부터 자기 자신을 지켜야 한다. 나의 생각을 다잡고 오늘을 돌아보고 내일을 그리려면 일기만한 것이 없다. 좋은 책을 읽는 것보다, 훌륭한 강연을 듣는 것보다 자기관찰을 하고 일기를 쓰는 게 훨씬 더 낫다. 그래야만 지식이 아닌 신념으로 꾸준히 성장하게 될 것이다.

만약 내가 저녁형 인간이고 강의에 온 사람들 중 몇이 아침형 인간이라면, 굳이 내 패턴을 따라하면서까지 스스로의 자존감을 해칠 필요가 없다. 내가 야식에서 카타르시스를 느낄 때 누군가는 아침밥과 쾌변에서 힘을 얻는 것처럼.

자기 신념은 의외로 사소한 것들이 뭉쳐져서 만들어진다. 내가 좋아하는 것, 내가 추구하고자 하는 것을 찾고 정리해보고 싶다면 일기를 써보자. 난 한 줄이어도 좋다. 그 한 줄 한 줄이 모여 당신의 역사가 되고, 앞으로 나아갈 길들을 만들 테니까.

꼰대 같은 소리처럼 들리겠지만, 그렇게 '나'를 알아야 다른 사람을 가늠할 수 있다는 걸 기억해두면 좋겠다.

우리는 성장해야 된다. 성공한 사람은 성장하는 사람을 당해 낼 수 없다. 기업도 마찬가지다. 그래서 나는 당신이 성공하지 않았으면 좋겠다. 지금도, 또 앞으로도 성장하는 사람이 되자.

잘 되는 가게, 잘 사는 사람, 좋아 보이는 세상의 수많은 것들…….

세상에는 내가 갖지 못한 것들이 수두룩하게 많다.

그런 걸 다 가지려고 하거나 따라하며 살 수는 없다. 벅차다.

하지만 '왜' 잘 되는지, '왜' 잘 사는지는 충분히 관찰할 수 있을 것이다.

관찰하자.

세상에는 내가 배울 게 너무 많다.

평가하기 전에 배울 점을 먼저 찾아내는 눈, 우리에게 필요한 건 그런 마음이다.

내가 먼저 줄게!

요리하는 사람에게 있어서 자신만의 레시피는 중요하다. 목숨과 같다. 그래서 타인에게 공유하는 일은 흔치 않다. 하지만 요즘 나에게는 자신의 레시피를 아낌없이 공유해주는 사람이 세 명 이나 있다.

이 인연은 재밌게도 서빙했을 때 만났다. 내가 족발집을 차린 다고 하자 12시간 넘게 일을 하고도 새벽까지 족발 맛을 봐주는 정길이 형. 새로운 음식점을 오픈하느라 바쁠 텐데도 아침마다 와서 자신의 레시피를 전수해주고 가는 유근이 형. 그리고 이자 카야와 족발집까지 운영하고 있는 용구 형이 바로 그 사람들이다. 이 사람들은 자신의 노하우를 알려주고자 밤낮 없이 내게 많은 애정을 쏟고 있다. 그렇게 언젠가부터 나는 좋은 사람들에게 둘러싸이게 됐다. 더 이상 바랄 게 뭐가 있을까? 이렇게 행복한데 말이다. 물질에서 느끼는 감정보다 사람을 통해서 느끼는 감정의 폭이 더 커서, 때로는 세상을 다 가진 것만 같은 기분이 든다. 나는 이런 감정을 많은 사람들이 주고받았으면 한다. 이 감정을 나누는 데에는 많은 것들이 필요하지 않다.

하지만 아이러니하게도 나는 말을 잘 못하는 편이다. 더 정확하게 말하자면 대화를 잘 못하는 사람이다. 사적인 공간에서도 멘트와 같이 상투적인 말을 쓰거나 군인처럼 경직되어 있고 뻣뻣하다. 그래서 인간관계에는 대화가 참 중요하다고 느낄 때가 많았다. 첫 만남에서는 더욱 그렇다.

만남에서는 진솔함과 태도 같은 것들이 인연의 깊이를 결정짓는다고 믿는다. 특히 요즘의 내 주변 사람들을 보면 그런 생각이 더욱 강하게 든다. 이번에 내가 족발집을 차릴 수 있었던 이유는 나와 함께해주는 사람들이 있었기 때문이다. 그 사람들이 곁에 있어서 가능했다. 이런 말을 들어봤을 것이다.

"고등학교 이후부터 만나는 친구들은 신싸 친구가 아니며, 또 사회에서 만난 사람들도 웃으며 코 베어가니 정신을 단디 차려야 된다."

나는 그 말에 전적으로 동의하지 않는다. 인연도 내가 어떻게 하느냐에 따라서 달라지기 때문이다. 열렬히 사랑하다 이별을 해도 우리는 다시 사랑을 한다. 그리고 그중에서 누군가는 진짜 사랑을 찾게 된다. 믿음도 마찬가지다. 믿다보면 언젠가는 믿을 사람을 찾게 되지만 몇 번의 상처로 마음을 닫아버리면 우리는 우연의 확률조차도 가질 수 없게 된다. 이것은 배신보다 더 큰 손해다. 칼을 들고 있으면 부딪칠 상대를 찾게 되고, 꽃을 들고 있으면 줄 사람을 찾는 게 우리네 마음이다. 그래서 우리는 사랑과 믿음으로 살아야 한다.

세상에서 자신이 진짜 원하는 것을 얻는 사람들은 사랑과 사람을 믿는 사람이라고 생각한다. 달변가는 진솔한 사람의 말을 두려워하고, 인맥 관리에 능통한 사람은 인연을 소중히 하는 순박한 사람들을 이길 수가 없다.

교육 기업 인큐베이팅의 이사이자 나에게는 좋은 인연인 동일이 형은 협상에 대해서 이런 말을 한 적이 있다.

"협상에서 흔히들 중요하다고 말하는 것들이 있어. 상대와 나의 위치, 즉 갑을 관계. 내가 가진 협상의 정보와 상대가 내어줄 수 있는 수준을 짐작해서 마지노선을 만들어. 그런데 그것들을 다 뛰어 넘을 수 있는 게 있어. 내가 가진 비전으로 진심을 다해 상대를 매료시키는 거야. 그렇게 내 마음을 밑바닥까지 다 드러내어 보여주는 거다."

나는 사람 관계도 비슷하다고 본다. 그 사람을 내 사람으로 만들고 싶으면 우선 나를 상대에게 줘야 한다. 안 받는다고 해도 어쩔 수 없다. 진실된 마음으로 다가가다 보면 상대방에게 나를 받아들일 마음의 여유가 생겨날 것이다. 그게 언제쯤인지 보편화해서 이야기할 수는 없지만, 언젠가는 생겨나고야 만다. 그렇게 상대방과 내가 가까워지면 세상의 레시피, 살아가는 데에 꼭 필요한 마음과 경험들이 하나둘씩 쌓여 성장하게 된다고 믿는다.

인연은 인맥 관리와 다르다. 오랜만에 만나면 어떻고 함께하는 시간이 적으면 어떤가? 언제나 솔직한 행동으로 마음을 드러내는 사람이라면 만남의 횟수는 중요하지 않게 된다. 내가 족발집을 차리려고 한다는 소식을 들은 유근이 형은 내게 양양 막국수 레시피를 기꺼이 알려줬다. 그전까지 우리는 같이 일하는 동안 사적인 대화를 2시간도 나누지 않은 사이였다. 하지만 내가 일할 때 보인 어떤 태도들 때문에 그 형은 나와의 인연을 이어가고 싶었다고 했다. 그리고는 오픈 소식을 듣자 팔을 걷어붙이고 내 가게를 찾아와줬다. 만약 내가 건성건성 일하며 동료들을 무시했다면 과연 그가 나를 도와주게 되었을까? 아마 레시피는 커녕 연락처도 나누지 않는 사이로 끝이 났을 것이다.

　만약 당신이 세상을 살아가면서 어떤 방법을 알고 싶다면 그것을 다른 사람으로부터 쉽게 얻어내려고 들지 않았으면 좋겠다. 대신 누군가에게 선한 마음으로 당신이 손에 넣고자 하는 인생의 레시피보다 더 좋은 사람이 되어주길 바란다. 그러면 그 레시피를 갖고 있는 세상은 당신을 더 소중하게 생각할 것이고, 당신이 바라던 것 이상의 선물을 줄 것이다.

수면 위 말고,
수면 아래 깊이

오래 전부터 일기장처럼 쓰는 블로그에 '몸값 올리는 방법'이라는 글을 쓴 적이 있다. 그리고 그 글 덕분에 나는 갑자기 인터넷에서 화제의 인물이 됐다. 그때의 나는 서빙을 공부라고 생각해서 이것저것 많은 시도들을 해봤다. 그리고 그 많은 시도들을 정리해야겠다는 생각으로 그 글을 썼다. 얼마만큼은 지금의 나 자신의 마음을 한 번 더 다잡고자 쓴 글이었다. 그래서 수십만 명이 그 글을 보러 올 거라고는 상상도 못했다. 'SNS라는 게 이런 건가?'라는 생각을 잠깐 했다.

그 글의 조회수가 꾸준히 오르는 걸 보면서 글을 읽는 사람들에 대해서 혼자 상상도 해봤다. 댓글을 보고 쪽지를 받으면서 생계를 위해 살아가는 모든 사람들의 마음 한 구석에서 외로움을 읽을 수 있었다. 그리고 많은 사람들에게서 어떻게든 성공하고자 하는 열망도 엿볼 수 있었다.

그 글을 쓴 덕분에 마음의 준비도 없이 더 많은 사람들에게 주목받는 사람이 되어버렸다. 언젠가 내 분야에서 좀 더 이름을 알리고, 나처럼 요식업계에서 청년 장사꾼이 되고자 하는 사람들에게 노하우를 알려주면서 같이 성장해나갈 수 있으면 좋겠다는 생각은 늘 하고 있었지만, 너무 빨랐고 갑작스러웠다. '기회는 늘 준비하는 사람에게 오는 것이라더니 그때가 지금인가?'라는 생각을 해본 적도 있었다. 하지만 어딘가 위험하게 느껴졌다.

내 주변에는 살아온 경험을 내게 조금씩 나누어주는 어른들이 있다. 사람들의 이야기를 좋아하는 어느 기업의 대표님은 이렇게 말했다.

"우리에게는 세 가지 악재가 있어. 그건 초년 출세, 중년 건강, 노인 빈곤이란다."

그렇다면 지금 내 상황은 어쩌면 초년 출세라고 할 수도 있겠다는 생각이 들었다. 그리고 지금의 상황에서 자만하지 않아야겠다는 마음이 생겼다. 그래서 '담담하게'라는 말과 '수면 위 말고, 수면 아래 깊이'라는 말을 마음에 새겼다. 만약 순간의 내가 '스타' 서빙가가 되면 내가 가고자하는 방향이 흐려질 것 같았다. 그러면 내가 지금 하는 강연들과 미래에 대한 그림들이 모두 반쪽짜리가 될 것 같았다. 흐려지는 순간 왜곡되고, 결국 이루지 못하게 될 것이라는 두려움이 있었다. 그러니 찰나의 기쁨과 내가 감당하지 못할 유명세는 경계해야 되는 부분이었다.

그동안 내가 '스타 서빙'이라고 사람들에게 불릴 수 있었던 것은 시청 부근에 있는 족발집 덕분이었다. 남들이 부러워할 만한 좋은 보상을 뒤로 하고 그곳을 그만두었던 이유는 내가 생각한 삶의 목적을 실현시키기 위해서였다. 8시간 일하고, 8시간 자고, 8시간 자기 계발을 해보자는 '888 프로젝트'를 내가 만든 일터에서 이루고 싶었기 때문이다. 근무 조건은 이렇다. 210만 원의 급여와 90만원 상당의 환경지원을 해주는 것. 이 지원 안에는 헬스클럽, 교육비, 문화생활, 숙식비 등이 포함되어 있다. 어쨌든 이 프로젝트를 실현해보면서 내 이상이 사회의 어떤 현실에서 유난히 부딪히는지, 어떻게 극복해야 할지를 알아가고 싶었다. 그렇게 시작한 것이 청춘 세차장이다.

일을 시작하기 전부터 원래 구상에서 보완할 점이 많았다. 하나씩 하나씩 수습하고 문제의 원인을 알아가면서 안정을 찾

스타 서빙 이효찬, 세상을 서빙하다

게 됐다. 하지만 복병이 있었다. 건물주였다. 계약서를 너무 쉽게 생각했던 내 부족함으로 청춘 세차장은 4개월 만에 문을 닫아야 했다. 손해는 극심했다. 함께 했던 동료들을 책임지겠다는 내 마음을 똑바로 볼 수가 없었다. 실패가 부끄러웠다.

그런데 외부에서는 '스타 서빙'으로 내 이름이 조금씩 알려지고 있었다. 공중파, 케이블 등 방송 매체들에게서 연락이 왔다. 출연해서 나만의 이야기를 들려달라고 했다. 나는 용기 내어 솔직하게 말했다.

"지금은 서빙하지 않습니다. 무직이에요."

방송 출연은 불발됐지만 아쉽지 않았다. 나는 다시 일어서기 위해 서빙을 해야만 했다. 하지만 내가 그 유명세를 놓치지 않기 위해서 멘토가 일하는 조갯집이나 족발집에서 일하는 시늉만 하면 안 된다는 생각이 있었다. 직업 앞에서 당당한 나로 살기로 약속한 이상, 한순간의 욕심으로 나를 망가뜨리지 말자고 다짐했다. 언젠가 나를 '스타 서빙'이라고 소개할 때 당당하고 싶기 때문이다. 단지 나를 어여쁘게 봐주는 사람들이 일하는 가게에서 개인적인 욕망을 채우는 건 그동안 함께 쌓아온 시간을 배신하는 것이라고 생각했다.

생각해보면 모든 직업이 그런 것 같다. 상부상조하면 좋은 거지 뭘 그렇게 까다롭게 구느냐고 묻고 싶은 사람도 있을 테지만, 내 생각은 이렇다. 직업은 생계의 수단이다. 그런 만큼 나는 어떤 일을 하든 떳떳하고 싶다. 나를 먹고살게 하는 일 안에서 부끄러운 사람이 되고 싶지 않다. 그러니 나를 믿고 채용하는 사람들에게 '저 친구와 일하길 참 잘했다.'는 뿌듯함, 자신의 선택이 틀리지 않았다는 보람을 주고 싶다. 그렇게 한 사람으로 인정받고 싶다.

나 스스로 자랑스러울 수 있는 방법은, 내가 성장하는 방법은 그것뿐이다. 그래서 아주 갑작스러운 일이 좋은 쪽으로 영향을 주든, 그렇지 않든 내 삶은 수면에서 동동 부유하는 것이 아니라, 수면 아래 깊은 곳에 뿌리를 두고 있으면 한다. 수면 위로 보이는 모습이 아주 작아 보잘것없어 보이더라도, 물의 흐름이나 세기에 휘청대거나 뽑히지 않는 단단한 삶을 꾸려내고 싶다.

중요한 삶의 지향점을 잊고 자꾸자꾸 순간순간에 흔들리면 나는 결국 내가 살고자 하는 삶과 멀어진다는 것을 조금씩 배워나가고 있다. 이건 스타가 되든 거지가 되든 상관없는 세상의 진리일 것이다. 부자로 살 수 있다거나, 유명세를 잡아 사람들의 관심을 한몸에 받는다고 하더라도 나 스스로가 떳떳하지 않으면 좋은 삶이 아니라고 생각한다.

언젠가 내가 정말 잘 성장한 청년 장사꾼이 되어 있으면 사람들은 나의 말, 행동, 마음을 느끼게 될 거다. 그럴 때 지난 시간들이 부끄러워서 더 큰 거짓말을 하는 삶을 살지는 말아야겠다. 그래서 지금, 수면 위 말고 수면 아래에서부터 차근차근, 깊이 있게 사는 게 내가 가장 열심히 해야 할 일이라고 믿는다.

정색하면
지는 거다

"효찬아. 이 업계에서 오래 일하려면, 품이 넉넉해져야 해. 지금보다도 더."

서빙 꿈나무일 때, 선배들은 내게 품이 넉넉한 사람이 되라고 자주 말해줬다. 나는 성장 배경 때문에 남들보다 스트레스에 관한 내성이 강한 편이라, 그 말이 무슨 뜻인지 가늠하기가 쉽지 않았다. 동료를 위해 포용력 넓은 사람이 되라는 뜻인가? 내가 혹시 실수를 했는데 부언의 힌트를 주는 것일까? 하고 생각하게 될 때가 많았다.

일을 더 좋아하게 되면서, 그 넉넉한 품이 어느 때 필요한지 알게 됐다. 손님을 대할 때였다. 자주 있는 일은 아니지만 가끔씩 사람의 기분을 상하게 하려고 작정하고 온 것 같은 손님이 있다. 스트레스 내성이 강해도 정도가 지나치면 그 상황을 온전히 당해낼 재간이 없었다. 그럴 때면 마음이 무너지거나 가시가 잔뜩 돋아 실수를 하거나 허둥대곤 했다.

더러 상처받고 일을 그만두는 사람을 볼 때마다 그 마음이 이해가 되어서 웃는 얼굴로 보내주곤 했다. 그런데 이 일을 오래한 사람들에게서는 그런 힘듦을 찾기가 어려웠다. 각자의 방법으로 문제를 평화롭게 해결하고 있었기 때문이다. 살면서 얻은 지혜들이 엿보여서 나는 그런 광경을 목도할 때마다 감탄했다. 기운이 났다.

험한 일을 당해도, 계획한 일이 성사되지 않아도, 목표 앞에서 좌절해도 평정심을 잃지 않는 마음 상태. 나는 이것을 '상처에 관한 탄성'이라고 부른다. 세상 경험이 많지 않은 청춘들에게 그런 탄성은 처음부터 주어지지 않는다.

이 탄성이 생기려면 낯선 사람들 사이에서 벌어지는 수만 가지 일들을 자기만의 방식대로 해결해보고, 종종 고꾸라짐을 당해야 한다. 그 실패들을 마주하면서도 좌절하거나 비관하지 않을 때 상처에 관한 탄성이 생긴다. 어떤 실패 앞에서 감정적으로 휘둘리지 않고 경험으로 냉정하게 받아들이는 것이 중요했다. 실패가 일상의 한 부분이 되어서 성공과 실패의 가치가 동등해지면 일희일비하지 않고 상처에도 금방 탄력이 붙어서 마음을 회복하기가 쉬워지는 것이다.

실패가 아직 낯선 사람들은 안 좋은 일을 겪었을 때 빨리 그 사건을 수습하거나 정리하려고 든다. 당황했기 때문이다. 부끄러운 마음이 들기 때문이다. 그래서 다급하게 결과를 분석하려고 하고 성급해진다.

실패를 많이 해본 나는 어떤 결론을 당장 내지 않는다. 익숙해졌기 때문에 탄성은 물론이고, 한 발짝 물러나 사건을 전체적으로 보려는 태도가 있기 때문이다. 그 나쁜 상황 안에서도 내가 잘한 일과 장점을 찾으면서 앞으로 나가려고 노력할 수 있게 됐기 때문이다.

나의 좋은 점을 하나 알게 되면, 그다음의 장점들을 연속해서 발견하고 싶은 것이 사람의 마음이라고 생각한다. 여기에 맞추어 그 장점들을 더 강하게 만들고 싶어져서 생각도 많이 하게 된다.

그러다보면 나의 부족한 점이 무엇인지를 아는 것이 괴롭지 않다. 실패가 반갑지는 못하더라노 그 앞에서 좌설하거나 비관에 빠지지 않을 수 있게 된다.

이런 식으로 천천히 마음의 품을 넉넉하게 만드는 게 중요하다. 당황하지 않는 것이 첫 번째로 중요하고, 내가 잘한 것과 고쳐야 할 부분을 나누어 냉정하게 보는 것이 두 번째다. 자꾸 훈련을 하다보면 나쁜 일을 겪어도 마음 회복하는 데에 오래 걸리지 않는다.

어떤 사람은 이런 마음가짐을 강인함이라고 표현하지만, 나는 그렇게 거창한 말은 부끄럽다. 위인전을 보아도, 시대와 사회가 존경하는 유명 인사를 보아도, 그들은 하나같이 실패 앞에서 마음이 넉넉했다. 실패와 잘못을 대충 넘기는 것이 아니라 그 안에서 성장하려고 차분해지는 습관이 있었다. 그렇게 완성된 삶들이 젊은 사람들에게 영감을 주는 것 같다. 그리고 그들을 통해 누구나 할 수 있는 것이 넉넉한 품 갖기인 것 같다.

언젠가 대기업 입사 면접에서 떨어지고 온 단골손님이 내게 이렇게 말했다.

"그 면접관이 저한테, 지금까지 살면서 얼마나 많은 일을 시도했다가 실패했냐고 물었어요."

항상 성공만 해봤다고 대답하자, 면접관은 "우물 안 개구리로 살았다는 거네요?"라고 다시 되물었다고 한다. 내 단골손님은 그 순간이 그렇게나 무안했더라며 한숨을 쉬었다. 아마도 위축된 마음을 어쩌지 못하고 우물쭈물하다가 좀 더 잘 대답할 기회를 놓친 것 같았다.

그 면접관이 한 질문들의 의도가 무엇인지 짐작이 됐다. 사회에 나오기 전까지 실패해본 경험이 단 한 번도 없다면, 불가피한 모욕의 순간을 마주했을 때 쉽게 무너지고 만다. 당연한 결과이고 누구의 잘못도 아니지만 일을 하는 사람으로서는 조금 치명적인 단점이 될 수도 있을 것이다.

식당에서 동료들과 일을 하고 상사와 커뮤니케이션을 하는 동안 우리의 화두는 수익이었다. 매출이 얼마나 올랐는지, 손님들이 우리에게서 얼마나 만족할지를 늘 고민하고 얘기했다. 그러다보면 이곳저곳에서 "아니요. 안 됩니다. 효찬 씨가 잘못했네요." 같은 거절당하는 말들을 수 없이 듣게 됐다. 밤을 새워가며 고민하고, 창조와 창조를 조합해서 시도해본 것들에 계속 부정적인 이야기를 들으니 의기소침해지기도 쉬웠다.

그런데 계속 이렇게 의기소침하기만 해서는 안 될 것 같았다. 나는 나답게 대처하기 시작했다. "아니요."라는 말을 들은 만큼, 성공에 가까워지는 길이 명확해진 것이라고, 잘못된 방향을 알게 되었다고, 좀 더 적합한 방법을 찾는 데에 "아니요."만큼 더 좋은 피드백은 없다고 생각을 고쳤다.

손님들과 나를 평가하는 사람들에게 "아니요."라는 말을 자주 듣는 건 그만큼 그 사람들에게서 "좋아요."라는 말을 받아내겠다는 의지가 있다는 뜻이다. 두 가지가 비례하면서 우리가 성장하는 것이다. 그리고 나의 가치도 함께 오른다고 믿는다. 그러니 기꺼이 실패할 자세를 갖춘 사람이 더 탄탄하게 성장할 것이다.

고무고무 마음의
직업훈련

"그게 말이 되는 소리냐, 서빙으로 강연이라니?"

"아서라. 강연 시장이 얼마나 어려운데. 그냥 돈 모아서 가게 차리는 게 더 나을 걸?"

최고의 서빙가가 되어서 요식업계에서 강연을 하는 사람이 되겠다고 친구들에게 선포하자마자 돌아온 대답들이다. 앉은 자리에서 오랫동안 친구들에게 편잔만 들었다. 서빙이 인상 깊었던 가게들의 사례와 규모, 음식 등 요식업 전반에 대한 이야기를 한참 한 후에야 다른 화제로 넘어갈 수 있었다. 친구들은 그 시간 동안 응원은커녕 현실이 얼마나 어려운지만 여러 번 각인시켰다.

그로부터 1년이 지났다. 지금의 나도 믿기지 않을 만큼 많은 대기업과 대학교, TV, 라디오, 신문, 잡지 등 여러 매체에서 나의 서빙 이야기를 하게 됐다. KBS 2TV의 「아침마당」 출연을 준비하는 동안 어느 관계자는 "효찬 씨 덕분에 서빙에 대한 인식이 달라지고 있어요. 의미가 재해석되는 거죠."라며 칭찬을 아끼지 않았다.

그때 '생각하지 않으면 생각하는 사람을 따라가게 된다.'라는 말이 떠올랐다. 일에 대한 정의도 마찬가지인 것 같다. 내가 경험한 범위와 만들어가고 싶은 지향점을 잘 접목시켜 내 안에 정리해두지 않으면, 기존의 고정관념과 관습을 그대로 따라가게 된다.

지금도 많은 사람들은 서빙이 얼마나 깊이가 있는 직업인지, 또 중요한 부분을 차지하고 있는지에 대해 간과한다. 간혹 아주 간접적으로 고급 호텔과 음식점 등에서 서비스의 품질을 거론할 뿐이다. 그러다보니 나의 이야기가 사람들에게 신선하게 다가갈 수 있었던 것 같다.

나의 서빙 철학은 '어떻게 하면 이 가게 안에 있는 모두가 함께 행복할 수 있을까?'에 대한 질문에서 시작됐다. 요리사가 자신만의 철학과 기술을 담아 음식을 만든다면 서빙가는 그 요리의 이미지와 스토리를 완성시키는 사람이다. 오케스트라의 지휘자처럼 주방과 카운터를 조율하며 손님을 리드해야 한다. 오늘 어떤 손님이 왔는지, 주방의 분위기는 어떤지를 생각하고 모두가 하나의 화음이라고 여겨야 한다. 이것은 가게 분위기 전체를 리드하는 사람이 서빙가라는 뜻이다.

이렇게 생각하기까지 짧지 않은 시간이 걸렸다. 유동 인구가 많은 곳에 일터가 있었기 때문에 다양한 사람들을 접하며 일했고, 덕분에 여러 가지 경험을 쌓을 수 있었다. 자연스럽게 '내 일은 어떤 일이지? 어떻게 하면 가게에 있는 사람 모두가 즐거울 수 있지?'를 생각했다. 똑같은 질문을 하면서 여러 가지 답을 만들었다. 그러면서 나의 지향점을 찾을 수 있었다. 그러니 누구나 자신의 직업에 대해 꾸준히 생각하다보면, 자연스럽게 직업철학이 만들어질 것이다.

그렇다면 어떤 질문에서부터 생각을 시작해야 할까? 나는 이 질문에 이렇게 대답하고 싶다.

"내가 이 일을 왜 하는지, 일하는 동안은 어느 때 기분이 좋았는지를 여러 날 생각할 것."

자신의 직업에 대해 오래 열심히 생각해야 자신만의 직업 철학이 만들어진다. 만약 직업에 대한 자신만의 철학이 없다면 다른 사람들의 태도와 생각에 전적으로 의존하게 된다. 누군가 나의 일을 가볍게 여길 때, 나만의 직업 철학이 없다면 나도 모르게 자존감이 낮아지고 위축될 것이다. 그리고 또 누군가가 나의 일을 굉장히 중요하게 여겼을 때 나만의 철학이 없다면 일을 잘 해내기도 어려울 것이다. 공감할 수 없으면 스스로에게 부여하는 책임감의 무게가 가벼워지기 때문이다.

그래서 나는 자신의 직업에 대해 다른 사람이 먼저 판단하게 두지 말 것을 강조하고, 타인의 생각을 따라가기만 하는 일을 만류한다. 아무리 좋은 생각과 행동이라고 할지라도 나의 경험과 생각이 몸에 깃들어야 더 나은 삶을 살아갈 수 있다고 생각하기 때문이다.

어떤 주제든 하나를 두고 여러 의견이 생겨난다. 그중에는 '다수'로 분류되는 의견이 늘 있다. 그리고 많은 사람들이 그 큰 목소리를 수긍하고 따른다. 여러 종류의 의견 중에 하나를 선택하는 것을 나쁘다고 생각하지는 않는다. 하지만 정말로 내가 생각하고 판단해서 따라가는 것인지, 남들이 모두 그렇게 살기 때문에 나의 기준 같은 건 만들어보지도 않고 그저 따르는 것인지 정도는 한 번 생각해보았으면 한다.

모두가 그렇게 하기 때문에, 그게 안전하기 때문에 따라가는 것은 잘못된 선택이다. 어쩌면 그런 따름은 아주 많은 사람들이

별생각 없이 살고 있다는 것을 뜻할 수도 있기 때문이다.

'사회적 나이'도 마찬가지다. 몇 살까지 학생이어야 하고, 대학을 졸업한 뒤 얼마 안에 취직을 해야 하고, 몇 살 즈음엔 가정을 꾸리고, 아이를 낳고, 몇 평짜리 집과 얼마짜리 차가 있어야 하고……. 우리나라 사람들만 이렇게 빽빽한 인생 지도를 그려놓고 모두에게 적용시키는 것인지는 잘 모르겠지만, 내가 보는 우리나라에는 나이마다 사회 기준에 맞는 그런 계단과 단계들이 있다. 그리고 많은 사람들은 거부감 없이 그 과정을 따라간다. 정작 힘들어하고 답답해하면서도 그렇게 사는 것만 인생이라는 듯이.

쳇바퀴에서 뛰어내릴 용기를 가지려면 내 속도가 쳇바퀴와 완전히 다르다는 것을 인정해야 한다. 그리고 마침내 뛰어내렸을 때 나만의 속도가 있음을 당당하게 이야기할 수 있어야 한다. 나의 철학은 나의 경험 속 깨달음을 통해서만 만들어진다. 그 깨달음의 힘이 가장 세다는 것을 잊지 말자.

자신만의 속도와 방향이 흔들리기 시작하면 그때부터 나의 전부가 불안해진다.

그리고 어느 때는 보잘것없다고 느끼기까지 한다.

무엇을 해도 불만족스러운 상태.

'여기에서 벗어나야겠어!'라는 뾰족한 마음이 드는 상태로 빠지고 만다.

옆 사람과 나를, 유명인과 나를 한없이 비교하면서

스스로를 구석으로 몰아세우지 말자.

자처해서 매일 불행하고 속상하게 살지 말자.

내 꿈을 지키려면 그 조급함부터 없애야 한다.

무엇이
진짜 막노동일까?

고등학교 때 담임선생님이 할머니에게 전화를 한 적이 있다.

"효찬이가 너무 공부를 안 합니다. 어쩌지요? 진로가 걱정됩니다."

할머니는 선생님의 말을 듣고 슬쩍 웃으며 이렇게 대답했다.

"공부 못해도 괜찮아요. 효찬이는 건강하고 씩씩하게만 크면 됩니다."

할머니의 말씀을 듣고, 학생으로서 공부는 못해노 술와 남배는 하지 말아야겠다고 생각했다. 역시 사람은 남녀노소를 불문하고 대우를 해주면 스스로 대우받을 행동을 하게 되는 것 같다. 어쨌든 양심 있는 손자가 되겠다고 마음먹은 이상 나는 늘 건강하게 지내려고 노력했다. 운동을 제법 열심히 했다.

나중에 이야기를 나눠보니 할머니가 말씀하신 건강은 육체적 건강뿐만이 아니라 정신의 건강도 포함되어 있었다. 공부를 통해서 쌓는 지식보다 더욱 중요한 삶의 자세가 건강하기를 바랐던 것이다.

할머니는 비겁하게 살지 말 것, 언제나 예의 바르게 행동할 것, 전체를 생각할 줄 아는 사람이 될 것을 늘 강조했다. 그래서 공부를 못한다고 다그친 적은 없지만 타인에 대한 예의를 잊거나 기본적인 소양을 갖추지 못한 모습을 보이면, 눈물이 쏙 빠지게 혼을 내곤 했다. '세상에서 내게 가장 다정한 사람이 할머니인데 이렇게까지 나를 혼낼 수 있는 건가?'라는 생각을 어린 마음에 해봤던 기억이 있다.

"생각한 대로 행동한단다. 알겠니, 효찬아?"

나는 그 말을 하던 할머니 얼굴을 잊을 수가 없다. 할머니의 단호한 표정에 주눅이 들었던 것도 있지만, 살면서 절대로 잊지 말아야 할 규범을 만난 것 같은 강한 느낌을 받았기 때문이다. 그때를 마지막으로 나는 마음이 건강한 사람이 되기 위해 늘 노력한다.

가수 지망생을 그만두고 혼자만의 시간을 보내면서 깨달은 것이 있다. 마음이 건강하려면 아무 일이나 해선 안 된다는 것이다. 학교에서는 아무 일이나 하면서 마구잡이로 살면 나중에 허드렛일을 하게 되고 결국 사회에서 무시받는다고 겁을 주곤 했다. 그리고 그렇게 살지 않기 위해서 공부를 열심히 해야 한다고 말했다.

그런데 나는 조금 다르게 생각한다. 아무 일이나 하면 누구나 지친다. 몸도 지치고 의욕도 떨어진다. 깨어 있는 시간의 절반 이상을 일하는 데에 쓰는데, 그 시간이 재미없으면 삶이 재미없어지고 만다. 주어진 일을 아무 생각 없이 하는 것. 열심히는 하지만 생각하지 않는 것. 고민 없이 행동만 반복되는 일이 바로 막노동이다.

막노동이라는 단어가 주는 온갖 부정적인 느낌과 장면들이 있을 것이다. 그런데 꼭 머릿속에 떠오르는 그 장면만이 막노동은 아니다. 월급쟁이로서 회사 생활이 지겹다면 그게 진짜 막노동이라고 생각한다. 그리고 그 지겹다는 생각이 들기까지 얼마만큼의 책임은 본인에게 있다. 일하는 우리는 매일 무엇인가를 생산해낸다. 그런데 그 생산의 기준이 내 안에 정립되어 있지 않아 외부의 요인에만 휘둘리면 끝없이 슬려가게만 된다. 그럼 지치는 것은 시간문제다. 당연한 결과다. 어떤 일이든 자신만의 기준이 있어야 한다. 나만의 리듬과 박자가 있다면 단순한 일을 맡게 되더라도 단조롭지 않은 일이 된다.

옛날에 어느 장인이 자신의 대장간을 이을 후계자를 고르기 위해 견습생 두 명을 두었다. 어느 날 그 장인은 그들에게 검신을 만들라며 쇠뭉치를 주었고, 최소 2만 번 이상은 망치질을 해야 완성된다고 말했다.

그 두 제자 중 한 명은 '이 2만 번의 메질이 언제 끝나나.'라고 생각하며 내리쳤지만, 다른 한 명은 자기의 망치질에서 들리는 쇳소리에 귀를 기울였다. 집중해서 불꽃 튀기는 장면을 눈에 담았으며, 물에 담금질해서 생기는 수증기와 검신이 빨갛게 달아오르는 아지랑이에 자신의 감각을 실었다. 그러다보니 더 이상 메질 횟수는 중요해지지 않게 됐다. 일에 몰입했기 때문이다. 몰입의 즐거움을 아는 상태가 되면 남들과 똑같은 일을 하고도 자기만의 색채와 이야기를 갖게 된다. 그러니 두 사람이 물리적으로 똑같은 시간에 끝냈다고 할지라도 그 결과물이 대조적일 수밖에 없을 것이다. 과연 장인은 마지막에 누구를 선택했을까?

내가 나를 믿지 못하면, 자신감을 잃으면

지구가 나를 왕따시키는 것처럼 느껴진다.

세상이 나를 버린 것 같을 때 가장 먼저 챙겨야 할 것은

"나는 할 수 있다."는 믿음이다.

무조건 믿어주는 사랑을 나에게 주자.

당신은,

충분히 예쁘다.

나는
뭐라도 될 겁니다

언젠가 내 서빙 방식에 대해 부정적인 의견을 들어본 적이 있다. 기존의 많은 서빙가들과는 다른 나의 캐릭터 때문에 핀잔도 더러 들었다. 하지만 손님이 즐거워하고, 가게가 붐비고, 매출이 늘어나는 것으로 나는 나의 방향이 옳다는 믿음을 갖게 됐다. 타인에게 피해를 주는 것도 아니기 때문에 더욱 나의 방식을 완성시키는 데에 몰입했다. 그러다보니 나만의 리듬과 속도가 생겼다. 똑같은 상황이 와도 마음에 여유가 생겨서 좀 더 일을 수월하게 할 수도 있었다.

나는 사람들과 함께 좀 더 긍정적인 에너지를 나누며 일하고
자 나만의 속도를 만들어냈다. 그리고 그 속도에 사람들이 적응
할 수 있도록 기다렸다. 내가 가장 처음 변화시킨 사람은 나였
다. 그리고 조금 달라진 나에게 사람들이 적응하면서 그들도 같
이 변했다. 내가 비빔국수를 100개씩 판매하자 그 속도에 맞춰
주방 이모가 100개씩 만들어냈다. 내가 홀에서 대기하는 손님
들을 대상으로 게임하는 분위기를 만들자 이모들도 그 호흡에
맞춰 서빙을 하기 시작했다. 인터넷에 소문이 퍼졌고, 취재를
오는 곳이 생겨나면서 손님은 더 늘었다. 가게는 더 활기를 띠
었고 모두가 즐거울 수 있었다.

나의 이야기를 좋아하는 사람들이 많아지는 이유도 같은 맥
락이라고 생각한다. 조금 생소한 직업을 갖고 세상과 함께 즐
거우려고 노력하는 이효찬의 이야기를 하고 있기 때문 아닐까?
물론 나의 가치관을 당당하게 이야기할 수 있는 일은 설레지만
무겁다. 하지만 나의 이야기를 하게 되는 순간이 오면, 나의 존
재감을 가장 강하게 느낄 수 있어서 마음이 벅차다. 내가 존재
한다는 것. 사회의 구성원, 누군가의 친구, 누군가의 가족, 누군
가의 동료가 아니라 온전히 내 이름 석 자만으로 존재하는 일.
이것만큼 즐겁고 가슴 뛰는 것을 나는 아직 만나지 못했다.

존재감은 믿음에서 시작된다. 나를 믿고 응원하는 마음이 나

를 존재하게 만든다. 그러니 살면서 세상 사람들이 나를 믿어주지 않는다고 느꼈을 때 좌절할 필요는 없다. 내가 나를 믿고 행동해서 하나씩 이뤄내다보면 주변에서도 서서히 믿음이 생겨나기 때문이다. 그러니 명심하면 좋겠다. 나 자신을 믿자는 가장 소중하고 중요한 결심을 꼭 마음에 새길 것을 말이다.

눈에 보이지 않고 과학으로 설명할 수 없는 수많은 자연현상들을 다 인정하지는 않지만, 나는 믿음의 힘만은 맹신한다. 내가 나를 믿어줌으로써, 나는 좀 더 성장하는 사람에 가 닿기 위해 더 노력했다. 내가 나를 배신하거나 외면하지 않으려고 애를 쓰면서 정말로 나는 성장했고, 그런 나를 지켜보던 주변 사람들이 나의 능력과 일에 대한 방향을 신뢰해줬다. 그들에게 있어서 나에 대한 믿음은 인정으로 나타났다. 나의 의견을 따라주고 때때로 더 좋은 결과를 만들 수 있도록 보강해주는 그 인정이 다시 나를 풍요롭게 했다. 앞으로도 살아가는 동안 그 순간들은 못 잊을 것 같다.

같이 일하는 동료 중에는 무척 소심한 사람이 있다. '내가 이렇게 해도 괜찮을까? 내가 이렇게 말해도 손님이 웃을까?'를 매 순간 고민한다. 서빙하는 사람들은 무반응에 익숙해져야 하는데 말처럼 쉽지 않다는 걸 알고 있기 때문에, 나는 그 친구가 괜찮아질 때까지 기다렸다. 그는 자연스레 무리수를 두지는 않았지만, 본인이 해보고 싶은 것을 실행하지 못하고 있어서 힘들어했다.

나는 그와 다르게 손님들이 웃든 그렇지 않든 내 개그를 맘껏 하고, 반응이 없으면 혼자 허허 웃는다. 내 개그가 나에게는 가장 재밌으니까! 그저 그 상황에서만큼은 서로 개그 코드가 안 맞았을 뿐이니까. 심지어 내가 돌아서고 나면 손님들끼리 피식 웃기라도 하니까. 그 정도면 실패가 아니라 선방했다고 생각한다.

길거리에서 김밥을 팔았을 때도 마찬가지였다. 지금까지 먹은 김밥 중에서 내가 만들었던 게 가장 맛있었다. 내가 좋아하는 것만 다 넣었기 때문이다. 내 입맛이 유별나지는 않으니까 내 입에 맛있어야 손님에게도 자신 있게 권할 수 있다고 믿었다. 무엇을 하든 내 일에 대한 자신감과 자부심의 기초는 이렇게 꼭 잘 다져놓았다. 그래야 사람들이 나를 믿는다는 걸 알기 때문이다. 하다못해 좋아하는 여자를 만날 때 '남자는 자신감!'이라는 주문 같은 구호도 외곤 한다.

누군가는 이런 것들을 근거 없는 자신감이라고 할 수도 있다. 그런데 굳이 남과 비교해가며 자신감의 자격과 근거를 찾을 필요는 없다고 생각한다. 내가 살아 있다는 것 자체가 가능성의 근거이기 때문이다.

살아 있는 한, 끝까지 스스로를 믿어줘야 한다. 자신의 선택과 그에 따른 행동을 믿어야 한다. 나를 가장 열정적으로 지지해야 한다. 그러다가 실패하거나 우여곡절을 겪는다 해도, 스스로를 비하하거나 자책하거나 지나치게 의심하지 말아야 한다. 좀 더 영리하게 '어떻게 성장할 것인가?'만 고민해도 충분하다. 그렇게 또 다시 나를 믿어준다면 결국 그 믿음의 힘이 나를 배신하지 않을 것이다. 그래서 믿어야 한다. 믿음을! 믿음으로.

실패는 상상하는 것이 아니라,
경험하는 것

이종은이라는 사내가 있었다. 그는 평소에 자신이 얼마나 소심하고 소극적인지 잘 알고 있었다. 이것은 그 스스로에게도 가장 큰 콤플렉스였다. 그는 한동안의 궁리 끝에 이에 대한 해결법을 찾았다. 그동안 자신이 동경했던 서빙의 대가, 손님 대하는 데에 흠잡을 게 없다는 김철우라는 사람을 롤모델로 삼은 것이다.

이렇게 종은은 서빙의 세계로 뛰어들게 됐다. 하지만 서빙이라는 것은 만만한 것이 아니었다. 기억할 것이 많았고, 손님들을 슬겁게 해수기는커녕 일을 제대로 하지 못하여 많은 손님들로부터 질타와 핀잔을 듣기 바빴다. 그러다보니 자신의 단점들이 더욱 더 두드러지고 심각해졌다. 그는 더 혼란에 빠지게 됐다.

종은은 요식업계의 제갈공명이라 불리는 유원대 이사에게 찾아가 이렇게 푸념했다.

"소인은 자신감을 갖고 서빙을 하고자 했는데 그것이 너무나 어렵기만 합니다. 이를 어찌하면 좋겠습니까?"

유원대 이사가 웃으며 이렇게 말했다.

"어떤 일이든 첫 시작이 가장 어려운 법이오. 언젠가 이 땅에 무전여행이 유행인 적이 있었소. 그때 나도 젊은 혈기에 무전여행을 갔다오. 하지만 그 당시에 주머니가 가볍다보니 히치하이킹을 해야 했지. 엄지손가락을 소심하게 치켜들고 팔을 허공에 휘저어보는데, 오히려 차들이 속도를 줄이기는커녕 더 쌩쌩 지나가는 게 아니겠소? 그러다보니 거절당했다는 마음에 점점 더 부끄러워 손을 내릴 수밖에 없었소.

그런데 때마침 어느 차가 멈추고는 날 태워주는 게 아니겠소. 그렇게 한 번 차를 얻어타보니 그 이후부터는 자신감이 생기더이다. 덕분에 히치하이킹에 대한 두려움이 사라졌소. 그때부터는 양손으로 하트를 만들기도 하고 춤을 추기도 하면서 내 마음 편한 대로 차를 세우기 시작했소. 그렇게 해서 나는 한 달간의 무전여행을 아주 잘 끝마칠 수 있었다오.

당신의 서빙도 마찬가지요. 언젠가 당신이 손님을 위해 멘트를 날려 그 손님을 웃게 해준다면 그때부터 당신은 조금 더 자신감을 갖게 될 것이오. 하지만 음식점이 성장하는 순간은 바로 손님이 음식 맛이 없다고 할 때이며, 영업직을 하는 사람이라면 거절을 당했을 때 더욱 더 성장한다오.

사람들의 반응에 두려워하거나 끌려가지 마시오. 멘트의 대가 김철우도 재미있는 멘트 열 개를 만들기까지 백 개의 멘트를 실패했다 들었소. 그러니 당신은 경험으로 성장하는 것에만 초점을 맞추시오. 경험하지 않으면 방법이 생각에서만 나온다오. 그 생각에 잡아먹히면 당신은 아무것도 시도해보지 못하고 걱정만 하다가 겁쟁이로 전락할 것이오.

지금 그대는 충분히 잘하고 있소. 서빙을 잘하고 못하는 걸 떠나서 당신은 상상에서 실패를 맛본 것이 아니라, 경험으로 실패를 맛봤으니 말이오."

그 뒤로 이종은은 서빙계의 불도저이자 행동 대장으로 불리게 되었다고 한다.

스타 서빙 이효찬, 세상을 서빙하다

그대는
기회의 성격을 알고 있는가?

'꽃보다 족발'이라는 별명으로 유명한 족발집에는 이번에 새로 들어온 최병건이란 자가 있었다. 그는 눈치가 빠르고 행동이 재빨라서 서빙을 할 때에 손님들에게 필요한 것들을 곧잘 챙겨주곤 했다. 특히 반찬 리필에 있어서는 가히 독보적이었다.

그가 잘하는 것들은 그뿐만이 아니었다. 그는 일에 있어서 기회를 잘 엿보았다. 자신에게 득이 되는 게 있다면 먼저 나서서 처리했고 득이 되지 않는 부분이 있을 때에는 누구보다 빠르게 그 자리를 빠져나왔다. 능글맞기가 각설이의 조상 같았다. 다른 동료들은 그의 이런 모습을 쉽게 알아차리지 못했다.

그는 틈만 나면 족발집의 점장인 윤석훈에게 자신을 본점에 파견해달라며 보채기 시작했다. 이 역시 갓난아기가 어미에게 젖을 달라고 울어대는 것처럼 그 횟수가 잦았다. 그는 본점에 파견되어 여러 사람의 눈에 들고 정직원이 되고 싶어 했다. 그의 최종 목표는 이를 기반으로 승진해 윗자리로 올라가는 것이었다. 때문에 가게에 적응을 하면 할수록 본점에 가고자 하는 바람이 더 커져만 갔다.

매일같이 채근하는 덕에 그는 본사로 3주간 근무 지원을 가게 됐다. 그리고 거기서도 자신이 제일 잘하는 반찬 리필과 함께 눈에 띄는 일들을 도맡아서 했다. 특히 휴지 케이스 닦기, 입구 앞 걸레질하기, 먼지 털기 등 사람들이 자기를 잘 볼 수 있는 일이라면 더 열심히 하는 체를 했다. 하지만 만취한 손님이 심각하게 남기고 간 흔적들을 치우거나 화장실 청소처럼 어렵고 불편한 것들, 열심히 해도 자기가 한 티가 나지 않는 일들에서는 자연스레 빠져나왔다.

본사를 관리하는 유원대 이사는 그에 대한 이야기를 윤석훈 점장으로부터 충분히 들었다. 그리고 조용히 그를 지켜보았다. 병건이 3주째 일을 하게 됐을 때 유원대 이사가 그를 소용히 불러냈다. 병건은 '드디어 올 것이 왔다!'고 생각했다. 자신이 이만큼 열심히 했기 때문에 본점에서 일하라는 만족스런 제안이 있을 것이라고 예상했다.

병건을 마주 앉힌 유원대 이사는 첫 마디에 이렇게 질문했다.

"그대는 꿈이 있소?"

병건이 예상하지 못한 질문을 받고 잠시 당황했으나 간단하게 대답했다.

"꿈이 없는 사람이 어디 있겠습니까. 저에게도 있습니다."

이렇게 둘의 대화가 시작됐다.

"허면 언제 그 꿈을 이룰 수 있을 거라 생각하시오?"

병건은 손가락으로 테이블을 톡톡 치면서 침묵하더니 이렇게 대답했다.

"언젠가 소인의 능력을 알아보는 사람이 나타나 기회를 준다면 그때를 놓치지 않고 잡을 것입니다."

그리고 유원대 이사가 웃으며 말하였다.

"그렇다면 그대의 꿈은 바늘구멍으로 족발이 통과하는 것과 같다오."

그의 말에 병건은 무척이나 실망하여 왜 그렇게 부정적으로 생각하는지 물었다. 유원대 이사가 다시 대답했다.

"많은 사람들이 기회란 어느 순간에 갑작스레 찾아오는 것이라고 생각한다오. 하지만 착각이오. 기회는 늘 주변에 있소. 그래서 기회를 잡는 사람들은 결코 기회를 기다리는 법이 없다오. 그대가 그토록 잡고 싶어 하는 기회라는 것이 어떤 성질을 가졌는지는 알고 있소? 그대가 그동안 사소하다고 여기고 중요하게 생각하지 않은 일 곳곳에 깃들어 있었다오. 정말로 몰라서 그런 표정을 짓는 게요? 기회의 특성을 잘 아는 사람은 모든 일을 대할 때 소홀한 법이 없다는 말을 들어봤을 것이오. 괜히 나온 이야기가 아니라오."

병건은 잠시 구석으로 내몰린 듯한 기분이 들었다. 조금 분한 마음을 담아 이렇게 대답했다.

"가장 바깥에서 일하는 실무자들에게는 선택과 집중이라는 것이 있습니다. 모든 일에 진심을 다해서 일할 수 있는 여력이 없단 말입니다. 정해진 시간과 내야 하는 성과가 있지요. 보여지는 것으로 나의 가치가 판가름되어야 한다면 나는 내가 생각하기에 좀 더 중요한 일, 내가 잘할 수 있는 일, 좀 더 큰 성과로 여겨지는 일들에 매진하는 것이 당연한 것 아닙니까? 당신은 여러 사람을 내려다보고 살펴보는 입장이기에 일하는 모든 사람들이 진심을 다해 일하기를 바라겠지요. 하지만 어느 소식이든 실무자들의 고충과 힘듦을 제대로 이해하는 곳이 있소? 회사가 이익을 위해 있다면 나의 이익은 내가 챙겨야 하지 않겠소? 내가 회사를 위해 일함과 동시에 나에게 좋은 결과를 가져다주길 바라는 마음에서 몇 가지를 소홀히 했다 한들, 그것이 그리 잘못됐단 말이오?"

유원대 이사는 그의 마음을 헤아릴 수 있었다. 씩씩대며 앉아 있는 병건을 잠시 보다가 말을 이었다.

"세상에 큰 영향을 끼친 여러 발명가들과 예술인, 지식인들 중 아무나 한 사람 떠올려보시오. 그가 생각해낸 것이 과연 그대처럼 마음에 드는 것만 하며 편식하듯 살다가 불현듯 떠오른 것 같소? 세상을 조금 겪어본 나로서는 그런 생각은 들지 않소이다. 그 아이디어에 도달하기까지 보이지 않는 생각과 행동, 때로는 가치 있는 일을 위해 용감해져야 하는 마음, 실행력, 경험 등이 한데 모였기에 가능할 수 있었을 것이오.

그러니 그대도 잘 생각해봐야 할 것이오. 그대의 편식이 정녕 그대를 옳은 길로 데려다줄 것인지 말이오. 내가 말하지 않아도 그대 스스로 알고 있을 것이오. 나는 그대가 운이 좋기보다는 작은 일에서도 행운을 만들어내는 사람이길 바라오."

이 말을 들은 병건은 어떠한 대꾸도 할 수가 없었다. 그 또한 자신의 행동에 대해서 잘 알고 있었기 때문이다. 그는 더 이상

본사에 남겠다는 생각을 하지 않았다. 그리고 조용히 분점으로 갔다. 이후 보이지 않는 일에도 최선을 다하면서 윤석훈 점장의 보이지 않는 든든한 킹메이커가 되었다고 한다.

결국 그들은 족발계의 쌍두마차로 추앙받았으며 이윽고 전국 분점을 호령하는 슈퍼바이저가 되었다고 한다.

스타 서빙 이효찬, 세상을 서빙하다

좋습니다!
어쨌든 이 지구가
저를 도울 거니까요

아르바이트와
이별한 남자

서빙을 한 지 두 달이 됐을 때 내 나이를 가늠해봤다. 20대 후반. 어른들이 말하는 좋은 시절. 내가 생각해도 20대는 좋은 시절이다. 그런데 이 시기에 하는 나의 일에 아무 의미가 없다면 슬플 것 같았다. 즐겁게 살 수 없을 것 같았다. 그래서 서빙에 나만의 의미를 만들어보기로 마음을 먹었다. 아무도 서빙을 전문직으로 여기지 않는다면 내가 직접 본보기가 되어보자고 다짐했다. 그렇게 서빙에 있어서 프로 의식이 돋보이는 사람으로 성장하기로 결심했다. 그 결심을 한 날부터 나는 더 이상 '싹싹한 알바생 효찬 씨'로 살지 않기로 했다.

처음에 가게에 갔을 때가 기억났다. 손님이 너무 많아 직원들이 모두 바쁘다보니 환경이 엉망이었다. 음식 맛은 좋은 가게인데 친절함이 결여되어 있었다. 화난 듯한 표정으로 일하는 직원들을 보면서 변화가 필요하다고 생각했다.

방법을 고민했다. 그리고 나만의 언어를 만들기로 했다. 기왕이면 나 혼자 쓰는 말이 아니라 모두에게 좋은 힘을 주는 말을 고민했다.

"좋아요! 아, 좋습니다!"

가는 말이 고와야 오는 말이 곱다는 옛말을 가슴에 새겼다. 말끝마다 '좋아요'를 습관처럼 붙였다.

"효찬아 청소 좀 해."

"좋아요. 깨끗해지면 일하기도 좋죠!"

"효찬아, 걸레 좀."

"좋아요. 여기 있습니다!"

"효찬아!"

"좋아요!"

'좋아요'를 시작한 지 얼마 되지 않았을 때는 유난 떠는 것처럼 보이니까 적당히 하면 좋겠다는 이야기를 듣기도 했다. 그런데 나는 그 당시에 유난을 떨고 있는 게 맞았다. 그래서 적당히 할 생각이 없었다. '적당히'의 기준도 가늠이 안 되었다. 내게는 일하는 사람들이 즐겁지 않은 일터는 좋은 곳이 될 수 없다는 생각이 있었다. 호주에서 일을 하던 때의 경험 때문이다. 그래서 무조건 꾸준히 좋은 에너지를 나눌 방법이 필요했다.

말은 전염성이 강하다. 그리고 어떤 것을 유행시키려면, 아주 자극적인 것으로 시작해 꾸준히 사람들의 일상까지 스며드는 수밖에 없다. 시간이 지나니 '좋아요'는 정말로 유행어가 됐다. 심지어 사장님까지도 그 말을 썼다.

말을 전염시키는 동안 내가 가장 신경을 많이 쓴 건 함께 일하는 이모님들이었다. 그분들은 내 어머니뻘이었고, 가족을 위해 일하는 경우가 많았다. 일이 고될 때마다 앞치마에서 휴대폰을 꺼내 조용히 자식 얼굴 한 번 보며 마음을 다잡는 분들이 많았다.

그런 분들에게 무조건 열심히 하자고 말하는 건 가혹하다는 생각이 들었다. 이미 누구보다 열심히 살고 있다고 느꼈기 때문이다. 삶의 무게를 덜어드릴 수는 없지만, 같이 일하는 동료로서 자식뻘 되는 내가 어떤 지혜로 그분들의 마음을 가볍게 할수 있을지 고민했다. 그리고 짬이 날 때마다 자식처럼 이모님들 어깨를 주무르기 시작했다.

그렇게 일주일을 좀 더 보냈다. 이모님들의 경직된 마음이 굳은 어깨가 풀리듯 조금씩 풀리고 있었다. 불평이 줄고 같이 웃을 수 있는 말들이 늘기 시작했다. '이모님들도 역시 위로가 필요했구나.' 하고 깨닫는 순간이었다.

'그럼 이번엔 좀 더 신나는 걸 해보자!'

그다음에 이모님들에게 도전한 건 하이파이브하기였다. 손님이 다녀간 테이블을 치울 때 이모님들과 하이파이브를 하고 정리를 시작하는 거다. 쑥스러워서 낯설어서 처음에는 손을 뒤로 빼는 분들이 많았다. 늘 처음이 어려웠다.

"이렇게 하면 되는 거야? 자! 하이 뭐라고?"

"하이파이브!"

이렇게 시작된 스킨십은 내부적으로는 직원들끼리의 친밀감을 높여주고 외부적으로는 손님들에게 화기애애한 분위기를 느낄 수 있게 해주기 때문에 안팎으로 신선한 자극이 됐다.

이모님들의 분위기가 한 층 오른 뒤에는 일일근로자로 오는 아주머니들께 드릴 업무 매뉴얼을 만들었다. 아무리 경험이 많은 사람이라고 해도 적응이 필요하다. 단 하루 만에 모든 일을 익히기란 사실상 불가능하다. 그러니 일이 능숙하지 않으니까 긴장하고, 그러면 손님들에게도 마음이 닫히고, 불친절해져서 손님이 불쾌해하고, 가게에 지장이 있었다.

"온 지 몇 분이나 지났다고 이걸 빨리빨리 잘해요?"

"그래도 일하러 오신 건데……."

정직원과 일일근로자 사이의 갈등을 줄일 묘책이 도무지 없는 것만 같았다. 양쪽 모두의 말이 맞기 때문이었다. 그래서 내가 고안한 건 매뉴얼 제작이었다. 일 시작하기 전에 잠깐 인사만 할 게 아니라, 이 가게에서 일하려면 무엇을 가장 신경 써야 하는지를 알려주고, 일하는 요령을 보여주는 것이 더 중요했다. 그리고 그분들께 어떤 일을 맡길지를 가정한 뒤 일하는 요령을 알려주는 메모를 하기 시작했다.

"이렇게 하면 컵 수거하기가 편하고요, 이렇게 하면 어깨에 힘이 덜 들어가요."

나는 직접 시범을 보이기도 했고 동료들의 노하우를 공유하는 자리를 만들기도 했다.

그러면 하루 일하러 온 분들은 부담이 줄어서 경직이 쉽게 풀렸다. 매뉴얼을 만든 뒤로는 손님들의 불평도 많이 줄게 됐다.

단지 알바생일 뿐인데, 주는 월급만 받고 최소한으로 일해도 되지 않느냐고 묻는 사람도 많았다. 최소한의 월급으로 살아가는데 사장 마인드로 일한다고 누가 알아주는 것도 아니지 않느냐는 질문을 받아본 적도 있다.

그런데 나는 사장처럼 일해본 적이 없다. 단지 내가 하는 일에 있어서 이번만큼은 똑 부러지는 사람이고 싶었다. 나만의 전문성을 갖추고 싶었다. 우리나라에서 서빙 제일 잘하는 사람으로 인정받고 싶었다. 그러려면 주어진 일만 하는 것으로는 성장하기에 부족했다. 내가 잘할 수 있는 일들을 거듭해가며 좋은 환경을 만드는 것이, 내가 나에게 준 첫 번째 과제였다. 그리고 제법 잘해낸 것 같다.

신부 수업받은 순서대로
시집가나요?

"기회라고 생각한 자만이 기회를 만든다."

내 마음에 새겨놓은 문장이다. 사소한 일이라도 기회라고 생각하고 최선을 다하기 위해 하루를 열며 현관을 나설 때 마음으로 곱씹는다. 그래야 기회를 잡는 게 아니라 만들게 된다. 만약 어떠한 기회가 주어졌는데 내가 기회라고 생각하지 않으면 그것은 더 이상 기회가 될 수 없다.

서빙을 한 지 얼마 되지 않았을 때부터 내 가게를 차리겠다는 꿈을 꾸게 됐다. 그 뒤로 나는 모든 일들을 기회라고 여기기로 했다. 이런 내 삶의 태도가 조금 무식하다는 핀잔도 들어봤다. 나 스스로도 너무한 것은 아닌가? 하고 고민해본 적이 있다. 그런데 지금 이 글에서 이야기할 경험이 그 고민을 없애주었다.

한창 홀 서빙이 바쁜 때에 자리를 옮겨달라는 손님들이 간혹 있다. 그럴 때 동료들은 인상을 찌푸리거나 안 된다고 단호히 말하는 편이었다. 정말 바쁠 때는 각 테이블의 주문만 외고 있어도 혼이 빠져버릴 것 같다. 가져다줄 것, 치워야 할 것 사이에는 실수하면 안 되는 일들이 굉장히 많기 때문이다. 서빙하는 사람이 이 바쁜 틈 안에서 정신없어 보이면 손님들은 불안해하고 불편해한다. 그래서 혼란을 조금 줄이고 모든 사람들에게 똑같은 서비스를 하기 위해서 바쁠 때는 자리 옮김은 어렵다고 양해를 구하는 사람들이 있다. 자기 일에 최선을 다하는 방법 중 하나라고 생각한다.

그런데 나는 좀 더 재밌고 싶었다. 너무 힘들면 긍정 호르몬이 나와서 웃음이 난다고 하던데, 어쩌면 그날이 그런 날이었는지도 모르겠다. 여하튼 그날, 나는 '오늘이 기회다! 시도해보자!'라고 생각하곤 이렇게 말했다.

"좋습니다! 이사 가고 싶으면 가야죠. 제가 집들이 선물로 김치노 들고 갈게요! 함께 포장이사해요!"

부탁하는 손님으로부터 너무나 좋은 반응이 나왔다. 손님들이 자리를 옮기면서 컵과 반찬들을 들고 간 것이다. 그리고 이 때 가장 많은 단골손님을 만들 수 있었다.

또 가게에서 전구를 달아야 되거나 간판을 조정할 일이 있다면 내가 먼저 하겠다고 나섰다. 그런 모든 일들이 내게 좋은 경험을 가져다줄 수업이라고 생각했다. 내가 맡은 일이지만 서투른 모습이 보이면 누군가가 꼭 노하우를 주곤 했다. 백문이 불여일견이라는 말이 있는 것처럼, 연애를 글로 배우면 망한다는 말이 있는 것처럼, 가게를 보수하고 유지하는 방법도 그냥 말로 듣는 것보다 경험이 중요했다. 내 가게를 갖겠다는 꿈을 가진 이상 이러한 경험 하나하나가 자원이 된다는 믿음도 있었다.

그러다보니 어느새 내가 맡게 되는 일의 비중이 점점 커지기 시작했다. 결국엔 일일근로자로 시작해서 요식업의 꽃인 슈퍼바이저 제안까지 받게 됐다. 특히 내가 일했던 족발집은 이미 맛집으로 정평이 난 집이었다. 우리나라 요식업계에서도 손에 꼽힐 만큼 큰 회사이기도 했다.

그런데 대졸 출신이나 경력 좋은 사람을 채용하는 게 아니라 일일근로자 출신인 나에게 제안을 했던 이유는 무엇이었을까?

답은 간단했다. 테이블을 세상에서 제일 잘 닦으려는 태도와 시래기 껍질을 누구보다 많이 벗기고자 하는 욕망들이 한데 모여 기회를 만들었기 때문이다. 만약 내가 테이블을 건성건성 닦으며 시래기를 까는 둥 마는 둥 하다가 집에 가서는 슈퍼바이저에 관한 책을 열심히 읽고 외웠더라면 과연 내가 슈퍼바이저가 될 수 있었을까?

이런 이유로 나는 "준비하는 자만이 기회를 잡는다."라는 말을 좋아하지 않는다. 언제까지 특별한 그 날이 오기를 기다리기만 할 텐가! 신부 수업을 착실히 받은 사람 먼저 시집간다는 말은 들어본 적 없을 것이다. 우리 모두 무엇이든 적극적으로 하고 실전 경험을 풍부하게 쌓아야 한다. 평생 지루한 표정으로 누군가가 시키는 일만 겨우 소화하면서 하루하루를 보내다간, 심지어 주어진 일 앞에서도 가끔 게으름을 부리다간 인생은 금방 망가지고 만다.

이것도 걱정이라서 못 하고 저것도 걱정이라서 못 하게 될 때가 있다.

위험 요소를 미리 고려하고 대비하는 정도를 지나

나의 걱정에 꼼짝없이 당하고 말 때, 그래서 아무것도 할 수 없을 때 깨달았다.

어떤 선택 뒷면에는 늘 위험이 있다는 것을.

매 순간 내가 감당해야 한다는 것도.

그게 책임이라는 것을 안 순간

전부 다 고려할 때는 내가 할 수 있는 게 왜 아무것도 없는지 알 수 있었다.

나의 일에는
○○이 필요하다

내가 하는 일이 부끄럽지 않았으면 했다. 세상의 눈치를 보지 않고 사장의 눈치를 보지 않고 스스로의 눈치도 보고 싶지 않았다. 그래서 스타 서빙이란 단어를 만들고 가슴에 새겼다.

언젠가 TV를 틀었는데 입시계에서 스타로 활약하는 강사들의 일상을 보았다. 그들은 당당하고 멋있었다. 자기 분야에 자부심과 자신감이 대단했다. 일에 대한 자부심도 있었지만 능력에 있어서도 당당해 보였다. 그래서 이런 상상을 해봤다. 만약 그들이 엘리베이터에서 학원 원장님을 만난다면 어떻게 인사할까? 당당하게 아침 인사를 나누지 않을까? 영어 강사는 "헬로우!", 국어 강사는 "얄리얄리얄라셩!"이라고 말이다. 자기 분야에 최고가 되어 있다면 그 사람이 무엇을 하든 사람들이 긍정적으로 재미있게 볼 것 같다는 생각이 들었다. 그래서 나도 내 전공인 서빙에서 최고가 되고 싶었다.

내가 생각하는 서빙은 손님들을 제일 가깝게 만날 수 있는 최전선의 자리다. 여기에서 서비스가 이루어지고 이곳에서 손님의 반응을 얻는다. 맛에 대해, 청결에 대해. 그리고 손님과 가게 사이에 일어나는 갈등까지도 중재시킨다. 이것이 내가 체득하고 정의한 서빙가의 역할이자, 직업의식이다.

시간이 쌓이면 내가 어떻게 살아가고 있는 사람인지 자연스레 알게 되는 때가 오는 것 같다. 이 시기가 한 번뿐인 건 아니다. 살면서 어떤 사건을 계기로, 혹은 어느 날 갑자기 찾아오는 것 같다. 시간이 쌓이고 내가 경험한 만큼 새로운 내가 만들어지기 때문에, 한 번씩 나를 돌아보라고 지구가 주는 시간이라고 생각한다. 그리고 이렇게 문득 지난 나를 생각하면서 나에 대해 알게 될 때가 참 중요하고 소중하다. 이런 때야 말로 나와 더 친해질 수 있기 때문이다.

좀 더 자세히 말하자면 내가 어떤 사람인지, 무엇을 추구하는지를 아는 것이다. 좋아하는 행동과 싫어하는 행동이 무엇인지를 알게 되면 자신만의 신념도 읽을 수 있다. 과거가 신념을 만든다는 이야기를 들은 적이 있는데, 아마 이런 이유 때문일 것이다.

그리고 이렇게 쌓은 신념이 현재를 만든다. 여기서부터는 뫼비우스의 띠같이 계속 연관성을 갖는다. 현재가 내일을 만드는 것이다. 그래서 사고하는 것이 중요하다. 보다 나은 오늘을 보내기 위해서.

'똑같은 하루'라는 말 안에 얼마나 부정적이고 답답한 마음들이 들어가 있는지 길게 말하지 않아도 모두가 공감할 것 같다. 좀 더 나은 사람이 되기 위해서 생각하고 나를 다지는 일에 게으름 피우지 말아야 한다. 특히 내가 하는 일에 대해서 말이다.

아직은 좀 더 완성시켜야 할 부분이 많음을 알기에, 요즘 나는 '스타 서빙'을 이루기 위해 이렇게 생각하는 연습을 해보고 있다. 과거, 현재, 미래라는 세 단어를 내 하루 곳곳에 적절히 배치해보는 것이다. 그리고 그 단어에 맞게 나를 되돌아보거나 상상해본다. 오늘 나를 난처하게 한 손님의 질문이나 행동이 있었다면 내가 어떻게 대처를 했는지 곰곰이 생각해본다. 그리고 다음에 그런 유형의 손님을 만난다면 어떻게 할 것인지도 구체적으로 상상한다. 좋은 책을 읽고 따라하는 것보다 내 역사를 알고 수정하며 살아가는 것이 더 큰 자원이 되기 때문이다.

서빙하는 사람은 배우와 같다. 상황에 맞는 사람이 되어야 한다는 뜻이다. 홀은 그래서 나의 무대였다. 소모품을 쓰거나 청소와 같이 가게를 관리할 때는 이 가게의 사장이라고 상상했다. 그리고 나니 보이는 범위가 달라졌다. 그 뒤 손이 닿지 않는 곳이나 청소하기 어려운 부분들은 미리 체크를 하고 주기적으로 닦아주려 했다. 닦기 쉬운 곳들은 다른 사람들이 하기 때문이다. 또한 좀 더 아껴쓸 수 있는 비품들에 대해서도 손실을 줄이고자 노력했다. 눈에 보이는 손실부터 잡아놔야 보이지 않는 손실도 잡아낼 수 있기 때문이다.

서빙하는 사람에겐 카멜레온 같은 마인드도 있어야 한다. 손님들 중에는 서빙가에게 챙김받는 것을 원하는 사람도 있고, 강압적인 태도를 보이는 사람도 있다. 또 웃으면서 좋은 분위기를 만드는 사람도 있다. 그 사람들의 마음을 빠르게 읽고 그 분위기에 맞게 대처할 수 있어야 한다. 강남의 한라산이라며 자신의 '생활'을 강조하던 단골손님에게는 조직원의 일사불란함을 흉내내며 서빙을 했다. 교수님을 만났을 때는 그분의 제자나 조교처럼 싹싹하게 행동했다. 학생들에게는 동네 형, 오빠처럼 친근하게 대했다.

홀에서 서빙하는 사람들끼리 호흡과 유대가 깨지면 그 영향이 고스란히 모든 테이블에 전해진다. 그래서 이 직업에서는 유대감이 중요하다.

언제부턴가 나는 동료의 사소한 실수에는 관대해지기로 했다. 가령 내 옆을 지나가는 동료가 실수로 내 양말에 무엇인가를 흘렸다면, 동료 마인드를 장착했다. 언젠가 나도 그 사람의 양말에 무엇인가를 흘리거나 다른 실수를 할 수 있다는 가능성을 염두에 두었다. 너무 바쁘다보면 본의 아니게 함께 일하는 사람을 번거롭게 만들 수도 있고, 누군가의 도움을 꼭 받아야만 할 때도 있다. 때문에 내가 지금 당장 동료들보다 좀 더 일을 잘하고 매출을 좀 더 잘 내는 서빙가라고 해서 오만할 수 없었다. 나와 동료들이 똑같은 직원일 뿐만 아니라, 늘 서로에게 좋은 영향을 주고받고 있다는 것을 알게 됐기 때문이다.

이런식으로 나는 서빙이라는 내 분야에 나만의 의미와 뜻을 만들고자 했다. 나의 일에 무엇이 필요한지 끊임없이 묻고 답했다. 다른 사람들이 보기엔 나만의 신념이 개똥철학처럼 보일지라도 그렇게 의미와 뜻이 생기니 내 행동에 타당성이 생기고 자신감도 생겼다.

이렇게 쌓은 자신감은 일과 생활에 드러났다. 박원순 서울 시장을 우연히 만났을 때에도 시청에서 서빙을 하는 이효찬이라며 당당하게 내 소개를 했더니 어디 부서냐고 다시 물어왔다. 내가 너무 당당해서 시청 직원으로 오해를 했던 거다. 친구들을 만날 때에도 다른 곳의 사장님을 만날 때에도 나는 언제나 '스타 서빙 이효찬'이었다. 그리고 지금은 많은 분들이 나를 '스타 서 빙'이라고 불러준다. 정말 놀라운 일이다. 내가 만든 마음의 단 어가 이제 나를 아는 모두의 입에 오르는 말이 되었으니 말이다.

차도남이 되어보기

시청 족발집에서 서빙을 한 지 얼마 안 되었을 때에는 내 일을
하는 것만으로도 24시간이 모자랐다. 그전까지는 한 가지 일을
제대로 한다는 게 어떤 것인지 몰랐다. 한 가지니까 쉽겠지, 라
고 생각했는데 그걸 '제대로' 하려면 깊이 탐구하고 생각해야
했다. 눈썰미라든지, 분위기를 주도한다든지, 손님의 원성을 잘
풀어준다든지, 주문이 제대로 들어갔는지, 음식이 언제 나올지
등을 체크하는 것은 기본이었다. 어떤 테이블에 무엇이 필요한
지, 내가 이곳의 손님이라면 뭐가 싫을지 등을 냉정하게 생각하

고 일에 우선 순위를 세우고 실행해야 했다.

어느 정도 일이 몸에 익숙해진 뒤에는 중요한 일과 덜 중요한 일을 구분하지 않고, 어떤 일이든 어떻게 잘해낼지를 고민했다. 그때부터는 내게 붙는 '스타 서빙'이라는 단어가 부끄럽지 않았다. 오히려 자신 있었다. 같은 접시를 똑같이 손님에게 들이밀어도 그 안에 나의 눈빛과 발걸음이 당당했다. 목소리만으로도 손님들은 나만의 '다름'을 본 것 같았다. 가게에 오는 손님들 중 요식업에 종사한 사람들로부터 명함을 받게 된 건 그런 이유 때문이었던 것 같다.

좀 더 시간이 지난 뒤에는 나의 당당함을 누군가가 느끼든 그렇지 못하든은 중요하지 않게 됐다. 서빙이라는 직업으로 생계를 유지하는 것이 아니라, 나라는 도구로 일과 삶을 주도하고 있다는 게 느껴졌기 때문이다. 그래서인지 이 직업을 계속 갖는다고 해서 미래가 불투명해질 것 같지 않았다. 비전이 없다는 생각도 전혀 들지 않았다. 내일을 맞이하기 위한 오늘의 잠자리도 두렵지 않았다. 내일도 오고 미래도 왔으면 좋겠다는 생각이 들었다. 시간을 보내는 것이 어떤 세례를 받는 것 같은 느낌이 들 정도였다. 그러니까 이렇게만 계속 살아간다면 먼 훗날에는 지금보다도 더 좋은 사람으로 성장해 있을 것임을 확신했다.

하지만 스타족발이라는 내 가게를 운영하면서는 그렇지 않았다. 나는 이곳에서 경영을 잘하는 사람이 되고 싶었다. 강연장에서는 메시지를 잘 전달하고 사람들에게 감동을 주는 사람이 되고 싶었다. 지금 이렇게 나의 이야기를 글로 풀어내는 일을 잘하고 싶은 것처럼.

온통 처음 해보는 일들을 떠안고 한꺼번에 모두 잘하려고 욕심을 부렸더니 문제가 생겼다. 서빙을 처음 하던 때처럼 한 가지 일에 몰두하지 못하고 시간과 힘과 노력이 분산되기 시작한 것이다. 이래서는 무엇에도 몰입할 수 없다는 걸 잘 알고 있었다. 어떤 일이건 몰입의 시간을 만들어야만 성장의 폭이 큰데 그러질 못하니 시간의 밀도가 점점 옅어지고 있었다. 결국 내가 중요하게 여기고 있었던 깊이의 탁월함도 놓치게 된 것이다. 그렇게 나는 스스로의 부족함을 또 다시 마주보게 됐다.

'내가 성장했다고 느낀 것들이 허상은 아닐까?'

냉정한 도시 남자처럼 나를 점검해보기도 했다. 그리고 어려움을 당당하게 이겨냈던 때를 떠올리며 이 순간을 실패라고 생각하지는 않았다. 경험해본 적 없는 것들 앞에서 어려움이 없다면 그게 더 부끄러운 일이라는 생각이 들었기 때문이다. 낯선 일을 하는데 헤매지 않는다면 경우는 두 가지다. 모든 일에 감각이 뛰어난 사람이거나 전혀 노력하지 않고 대충하는 사람이거나. 그러니 못해서 부끄러울 필요는 없다는 생각이 들었다.

일을 하는 사람들만이 실수를 한다고 생각한다. 그리고 성장하는 사람만이 문제를 더 많이 발견하고 찾아낸다고 믿는다. 성장이 성공보다 더 가치 있다고 이야기하는 건, 그러는 동안 발견하고 깨닫게 되는 나만의 경험들이 내 안에 축적되고 사라지지 않기 때문이다.

그러나 목적 달성과 성질이 똑같은 성공은 언젠가 사라지고 만다. 끝이 있다. 나 이외의 사람들이 박수를 쳐줘야만, 인정받아야만 달성했다고 말할 수 있는 것이기도 하다. 자세히 따져보면 그 의미가 내 안에 없다. 그래서 성장이 성공보다 중요하다는 것이다.

언젠가 삼성에서 강연을 한 적이 있다. 그때 내 강연을 들었던 분에게 연락이 왔다.

"실패를 극복하는 방법은 무엇인가요?"

나는 조심스럽지만 바로 대답했다.

"과거를 바꿀 수 있는 사람이 없는 것처럼 이미 일어난 실패는 되돌릴 수 없다고 생각해요. 하지만 낙담할 필요도 없을 것 같아요. 실패를 실패라고 생각하지 않으면 그것은 극복할 것도 아니게 되니까요."

그러고는 실패의 지점에 대해서 이야기를 해주었다.

"저는 실패의 지점이 임플란트와 같다고 생각합니다. 첫 번째

충치까지는 부끄러움을 느낄 필요가 없지만, 다른 이까지도 썩혀서 임플란트를 해야 된다면 그 과정을 그대로 반복한 그 어리석음에서 부끄러움을 느껴야 되요. 그게 바로 진짜 실패이기 때문이죠."

이것이 내가 생각하는 실패의 지점이다. 우리는 치아를 잘 닦아야 된다고 어렸을 때부터 귀에 딱지가 앉도록 잔소리를 듣는다. 하지만 이것은 유익한 여러 가지 말 중에 하나일 뿐이며, 직접 경험하거나 깨닫지 않으면 얕은 지식에 불과한 말이다. 때문에 제대로 닦지 않는다. 그러다 충치가 생기면 치과에 간다. 이때 경험의 단계에 접어든다. 마취 주사의 아픔, 기계가 치아에 닿아서 들리는 소리, 솜을 물고 있을 때의 그 묵직한 얼얼함을 통해 다시는 충치를 만들지 않으리라 다짐한다. 이 단계는 분명 고통을 겪기는 했어도 실패라고 할 수는 없다. 그다음이 더 중요하기 때문이다.

일을 하다가 나의 방향에 혼란스러움을 느끼거나 정체되어 있다고 느낄 때 스스로를 냉정하게 점검해봐야 한다. 그러면 문제는 기회로 만들고 실패는 성장으로 바꿀 수 있다. 복잡한 문제가 오히려 개선의 여지를 많이 만들어내는 것처럼 스스로를 마라보는 그 발가벗은 시간 속에서 성장의 순간을 만들어내야 한다.

스타 서빙 이효찬, 세상을 서빙하다

우리에게는 더 괜찮아질 수 있는 내일이 있다. 하지만 똑같은 과정과 행동을 반복한다면 같은 일을 또 겪게 된다. 이때가 실패의 단계이자 후회의 단계다.

나는 이 과정을 지나면서 나라는 존재와 인생의 유한함을 느꼈다. 자연스레 자존감도 갖게 됐고 행동도 열정적으로 바꿀 수 있었다. 열정과 진정성은 진짜 내 안에 있는 것들을 끄집어낼 때 발현되는 것임을 그때 깨달았다. 치아는 세 번 나지 않는다. 우리의 인생도 한 번뿐임을 꼭 마음에 새겨두면 좋겠다.

내 첫 가게를 준비하며
레시피를 만들어가는 동안 들은 이야기.

"많이 먹어 봐야 맛을 알아."
"많이 만들어 봐야 요리의 평균을 만들 수 있어."
"많이 버리지 않으려고 기를 쓰고 노력하는 순간, 성장하는 거야."

인생도 요리와 같다고 믿는다.
살면서 실패를 많이 했다는 이유로 주눅들 필요 없다.

긍정의 문제가 아니라
사실의 문제

거짓말은 순간의 위기를 모면하게 해준다. 때로는 재치라고도 불린다. 하지만 너무 자주 하면 스스로를 망가트리고 만다. 어떤 사건을 통해 한 걸음 더 성장할 수 있는 에너지는 솔직할 때 만들어진다.

그런데 그저 그 순간을 모면하기 위해서 거짓말을 해버리고 나면 잠시 부끄럽더라도 평생의 자원이 될 성장 에너지를 얻지 못한다. 스스로에게 여러 가지 변명을 해서 그 상황을 합리화시키기까지 하면 에너지만 못 얻고 끝나는 것이 아니다. 성장하기는커녕 점점 더 무너지기 쉬운 성을 쌓는 것과 같아진다. 그게 어떤 거짓말이든.

서빙을 하다보면 실수가 생기곤 한다. 그럴 때 나는 변명이 아니라 있는 그대로를 말하려고 노력한다. 예를 들자면 이런 식이다.

"손님, 사실 까먹었습니다! 다시 말씀해주시겠어요?"

"손님, 큰일 났습니다. 주문을 안 넣고 있었어요. 혼나도 쌉니다. 죄송합니다."

실수를 해놓고 너무 당당한 것 아니냐는 생각을 하는 사람도 있을 것이다. 하지만 손님이 민감하게 생각할 수 있는 지점에서 나까지 너무 진지하고 경직된 상태로 이야기를 하면 늘 더 나쁜 상황이 오곤 했다. 어떤 대책 없이 나의 잘못만 진지하게 고하면, 손님이 그 자리에서 또 새로운 결정을 해야 하기 때문이다. 그래서 노하우가 생겼다. 당당하면서도 솔직하게, 대안을 갖고 경쾌하게 이야기하기로.

일은 이미 벌어졌다. 그렇다면 그 처리를 어떻게 할 것인지가 서빙가로서 해야 될 일이다. 아마 나 같은 서빙가에게만 해당되는 말은 아닐 것이다. 일을 할 때 실수에 대해서 계속 변명하면 상대는 더 기분이 나빠지고 만다. 실수한 사람에게 실망하게 되어버리기 때문이다. 그래서 이렇게 일이 터지고야 말았을 때는 감추려고 거짓말을 하거나 변명하기 보다는 수습을 가장 첫 번째 순서에 둬야 한다.

내가 모르는 부분에 있어서도 솔직해져야 한다. 만약 잘 알지도 못하면서 고개를 끄덕이거나 아는 척을 한다면 나는 그 부분에 있어서 평생 모를 것이다. 언젠가 외국어가 유창한 어떤 사람과 대화를 오래 하게 됐다. 그런데 그는 이야기를 할 때 영어를 섞어서 쓰곤 했다. 어떤 뉘앙스를 표현하기 위한 나름의 방식인 것 같았다. 그리고 하필 나는 그가 쓰는 단어들을 못 알아듣고 있었다. 처음엔 유추해서 그 말들을 알아들으려고 노력했다. 그런데 꼭 이럴 것이 아니라는 생각이 들었다. 이렇게 그냥 넘어가고 말면 평생 모른다는 생각에 정신이 번쩍 났다. 그리곤 당당하게 물었다.

"그런데 세렌디피티가 뭐예요?"

"인사이트가 뭘 가리키는 말이에요?"

이것은 부끄러운 게 아니다. 그 사람이 내 서빙 용어를 모르듯이 나 또한 모르는 게 있다. 물어봐서 답을 찾고, 잊지 않으면 된다. 중요한 건 그 순간을 모면하려고 거짓말하지 않는 내가 되는 것이다. 솔직해지고 나면 얻게 되는 크고 작은 것들이 있다.

사람 간의 관계도 마찬가지다. 내 가게를 운영하면서 가장 중요한 시간을 꼽으라면 바로 오픈 전에 하는 직원 회의다. 나는 이때 질문과 고백을 털어놓는다.

"제가 아는 부분을 알려드리다보면 자칫 잔소리로 번질까봐 말을 아끼고 있어요. 어쩌면 분위기가 다운되거나 저를 불편해 할 수도 있지 않을까 생각하거든요. 근데 이게 참 어려운 것 같아요. 다들 어떻게 생각하시나요? 더 좋은 방법이 있을까요? 제가 여러분들이 일하는 것에 대해 몇 가지 조언을 해도 괜찮을까요? 우리가 조금 더 자기 계발하는 시간을 가졌으면 좋겠어요. 제가 항목을 정해서 강제로 하기보다는 다들 어떻게 생각하는지 듣고 싶습니다."

서빙가로서의 자부심과 자긍심은 있지만, 가게를 운영하는 것은 그와는 별개의 문제다. 그래서 조심스럽고 고민이 되는 부분들이 있다. 이럴 때 나 혼자 생각하고 결정하기보다는 함께 일하는 사람들에게 솔직하게 고민을 털어놓고 그들의 생각을 들었다. 동료들과 또래이다보니 이해할 수 있는 범위가 더 넓어서 서로 좀 더 솔직하게 이야기할 수 있는 것 같다. 이렇게 회의를 진행하다보면 동료들에게서 좋은 아이디어가 많이 나온다. 절충안도 합리적으로 결정된다. 그들도 스스로 선택하며 가게를 꾸려간다는 점에서, 일에 대한 동기부여와 책임감이 더 커지는 것 같다. 그래서 좋은 에너지들은 가장 솔직한 순간에 생겨난다고 믿는다.

마음과 마음이 만나면 상상하지 못했던 마음이 생긴다. 대형 서점에 "사람이 책을 만들고 책은 사람을 만든다."라는 문구가 붙어 있는 것을 본 적이 있다. 나는 이 말에 한 가지를 더 추가하고 싶다.

"사람이 사람을 만들고 사람은 사람이 된다."

그래. 사람이 사람을 만든다. 마음이 마음을 만들고, 그 마음은 사람이 된다고 믿는다. 모든 사람들에게는 감정을 보관하는 마음이라는 공간이 있다. 우리는 그 안에서 늘 무엇인가를 꺼내어 쓴다. 때로는 용기를, 때로는 분노를, 희망을 쓰며 살아간다. 그리고 나의 마음과 상대의 마음이 부딪치면서 새로운 나를 형성하기도 한다. 삶을 완전히 뒤틀어버린 것만 같은 큰 상처를 치유하는 계기가 되기도 한다. 그만큼 모두의 마음은 힘이 세다. 그래서 모두가 자신의 마음을 활용할 줄 알아야 한다.

꺼내어 쓰고 싶은 마음을 제대로 활용하는 방법은 '솔직해지기'다. 옷을 벗어야 맨살이 드러나는 것처럼 마음 역시 겹겹이 둘러친 것들을 걷어내야 쓸 수 있다. 가장 솔직한 마음을 순수하게 꺼내 쓰는 일이 간단하고 쉬운 일은 아니다. 하지만 성심껏 노력하다보면, 언젠가는 완전하게 해낼 수 있을 거라고 믿는다.

우리 모두가 마음을 시원하게 내보여줄 수 있는 사람이 되었으면 좋겠다. 힘들면 힘들다고, 모르면 모른다고. 상대방이 진심으로 듣지 않아도 실망하지 말고 또 다시 누군가에게 털어놓자. 언젠가 내 마음을 알아주는 사람을 만날 때까지. 이것도 인생의 일부분, 하나의 과정이라 생각하자.

내가 진짜로 원하는 것이 무엇인지 솔직하게 묻고, 그 마음을 꺼내어 진심으로 살기. 이것만이 우리를 성장시킬 것이다.

물론, 이러면
번거롭습니다

장사가 생활이 된 사람은 모든 사람을 잘 살핀다. 아주 유심히. 특히 서빙하는 사람들은 하루도 사람에게서 눈을 떼지 않아서 눈썰미 좋은 사람이 많다. 일의 능력에도 레벨 같은 것이 생기는 셈이다. 어느 테이블에서 언제 나를 찾을지 모르기 때문에 각 테이블을 매의 눈으로 살피기도 하고, 시선은 화분이나 벽, 혹은 누군가의 정수리에 두더라도 귀를 쫑긋 세우고 있다.

내가 그러는 동안 손님들은 내게 눈길도 주지 않는다. 필요한 게 없다면. 처음에는 먼지가 된 것 같은 기분이 들 때도 있었다. 그런데 서로 볼 일이 없을 때 눈이 마주치니까 그것도 참 뻘쭘했다. 아마 내가 두리번거리는 게 그 손님의 시야에 들어와서 그분이 내 쪽을 봤다가 눈이 마주친 걸로 기억한다.

"뭐 필요하세요?"

"아니에요. 헤헤."

술이 기분 좋게 취한 손님이 적당히 거절해주어서 그날 어딘가를 살필 때 좀 더 조심해야겠다고 느꼈다. 손님들끼리 대화하는데 눈 마주쳤다는 이유 하나로 갑자기 끼어드는 '용자' 서빙가가 된다면 장사는 다 했다고 봐야 할 테니까.

가만히 지켜보는 요령이 더 늘면 손님에 관해 많은 정보를 얻을 수 있다. 저 테이블에서는 어떤 얘기가 화제인지, 우리 가게에 자주 오는 사람들이 하는 이야기는 주로 무엇인지, 사람들의 성향은 어떤지, 성별은 어느 쪽이 많은지, 회식하러 오는 요일은 주로 언제인지, 어느 회사 사람들인지. 이런 방식으로 자꾸 그 사람들의 이야기를 듣다 보면 자연스레 그 사람들에게 어울리는 음식과 술이 떠오르기도 한다. 추천 메뉴는 그런 데서 아이디어를 얻어 만들어지기도 한다. 계절마다 특성이 도드라지는 재료들이 있고 그중에서 내가 일하는 가게와 더 어울릴 것들을 찾아보게 되기 때문이다.

그렇게 메뉴가 완성되는 동안 나는 한쪽 마음에서 그 음식에 가장 잘 맞는 이야기를 만들어 붙인다. 새로운 메뉴가 나왔을 때 사람들이 재료와 맛에만 집중하게 만드는 게 아니라, 그 메뉴가 누구를 위한 것인지를 알려주는 것이다. 화장품 광고를 보면 '피부톤이 고민인 사람들에게.' 같은 문구를 성우나 모델이 읊듯이. 음식에 이야기를 만드는 것이다.

꾸준한 관찰 끝에 나는 이런 일을 하기도 한다. 우리 가게 앞에서 서성이는 손님이 있다면 나는 말 없이 코팅된 종이를 바깥에다 걸어둔다. 종이에는 이렇게 쓰여 있다.

"오늘 먹을 족발을 내일로 미루지 마라."

그러면 망설이던 손님들이 풋, 하고 웃으며 들어오기도 한다. 우리 가게는 대학교 근처에 있기 때문에 경제적으로 넉넉하지 않은 대학생들이 많다. 그래서 북엇국을 무한 리필로 만들고는 말한다.

"내일부터 시험기간이라면서요? 그래서 너무 취하지 말라고 북엇국을 만들어놨어요. 하하하. 먹어도 안 취할 거예요."

비가 오게 되면 미리 해놓은 밀가루 반죽을 손님 앞에서 뚝뚝 떼어주며 "역시 비 오는 날에는 수제비만한 게 없죠."라고 하거나 "오늘 비가 와서 수제비를 한 번 해봤어요. 괜찮으실지 모르겠네요. 하하하."라고 하면서 자연스럽게 말을 걸고는 손님의 성향을 살피는 시간을 갖기도 한다. 그렇게 하다보면 손님들과 더 가까워질 수 있는 어떤 공감대를 만들 수 있다.

요식업계에서 서빙하는 사람들은 단순히 주문을 받고, 필요한 것을 가져다주는 사람 이상이 되어야 한다. 손님들과 이야기할 수 있는 유일한 사람들이기 때문이다. 좋은 레스토랑에서만 요리를 내어줄 때마다 음식에 얽힌 설명을 하라는 법은 없다. 어느 음식점이든 그럴 수 있다. 중요한 건 무엇을 위해 이야기하느냐일 것이다.

이야기를 재밌게 잘하는 사람이 홀 곳곳에 있으면 더없이 좋지만, 만약 그렇게 바로바로 소통하기가 힘들다면 블로그를 하는 것도 좋다. 사람들이 우리 음식을 잊지 않게. 그렇게 그 음식에 누군가의 이야기를 덧씌우고 덧씌워서, 애착을 갖게 하는 게 지금 내가 하는 일이기도 하다. 그냥 사고파는 음식이 아니라, 그 나잇대에, 그 시기에 내가 일하는 곳의 음식을 먹고 공감하고 위로받았다면 그걸로 너무나 가치가 크다.

물론 이렇게 일하면 번거롭다. 품도 많이 들고 실패도 한다. 아주 자극적인 맛이나 재료, 특별한 기술이 들어간 서빙으로 가게를 유명하게 만든 다음에 특색 없는 음식을 팔아도 괜찮은 사람이라면, 이런 내 노력들은 별난 짓처럼 느껴질 수도 있다.

하지만 음식은 착한 마음으로 만들어 손님에게 가져다주어야 한다고 생각한다. 착하면 공짜로 줘야 하는 것 아니냐는 질문도 받아봤는데, 요식업에 종사하는 모든 사람들에게 음식점은 가족을 꾸리고 나를 지키는 생존의 터전이니까 그러기는 어려울 것 같다. 하지만 좋은 마음을 한껏 담아서 늘 좋은 기분과 말들이 오가야 하는 곳이 바로 음식점이라고 생각한다. 그래서 음식 하나를 개발하는 순간이든, 손님에게 사소한 주문을 받을 때이든 적극적으로 지금 내가 볼 수 있는 것들을 관찰하고 기억해야 한다.

이런 관찰이 나와 같은 서빙가에게만 필요한 건 아닐 것이다. 대부분의 직업에 해당되는 이야기라는 생각이 든다. 우리가 사는 시대는 어떤 대가를 지불하고 필요한 무엇을 사서 소비하는 게 당연한 때다. 너무 건조하고 삭막하게 느껴질 수도 있지만 사는 모습이 그렇게 굳어졌다. 이 자체를 부정할 수는 없다. 그렇다면 각자가 제 몫을 다하면 된다. 어떻게 더 따뜻함을 전달할 것인지를 말이다. 그리고 그 따뜻함을 만드는 사람은 무엇인가를 파는 사람의 몫이라고 생각한다.

그리고 이렇게 시행착오를 거치면서 나의 제품과 아이디어를 그동안 어떤 사람이 샀는지, 사 갈 것인지를 꾸준히 연구해야 한다. 그런 과정을 거쳐 성공한 사람은 대기업의 프렌차이즈 음식점보다 더 힘이 세고 오래 지속되는 가게를 운영할 수 있을 거라고 믿는다. 사람을 위한 진심이 깃든 관찰이 힘이다.

진상은
그대 가슴에

MBC의 「뉴스24」에 초대를 받았다. 앵커와 이야기를 나누는 '이슈&토크'라는 코너에 출연하게 됐다. 그때 내가 받은 질문들 중 가장 기억에 남는 것이 있다.

"이효찬 씨의 가게에도 진상 손님이 있었을 텐데요, 그때는 스타 서빙으로서 어떻게 대처하셨나요?"

나는 대답했다.

"저는 한 번도 진상 손님을 만난 적이 없습니다. 진상 손님을 만드는 건 서빙하는 사람의 생각에 달려 있으니까요."

이 태도는 스트레스를 정의할 때에도 큰 영향을 줬다. 왜냐하면 대부분의 스트레스는 누가 주는 것이 아니라. 내가 그렇게 느끼기 때문이다.

언젠가는 어느 여자 손님이 가게에 진열된 난(蘭)에다가 토를 한 적이 있었다. 그것은 우리에게 또 하나의 난(難)이었다. 동료들은 있을 수 없는 일이 일어났다며 탄식했고, 그 근처에 있는 손님들도 인상을 찌푸리며 조금씩 동요했다. 누군가는 수습해야 할 것 같은데 아무도 엄두를 내지 못하고 있는 상황이었다. 느낌적인 느낌으로는, 그 여자 손님이 '한 번 더' 그럴 것만 같았다. 나는 그 여자 손님에게 다가갔다. 그리고 이렇게 말했다.

"손님, 거름 주시나봐요. 감사합니다. 이것을 밑거름으로 삼아 더욱 더 성장하는 가게가 되겠습니다."

물론 그 여자 손님은 아무런 대답 없이 묵묵히 토를 했지만 그녀의 동료들은 웃으며 미안해했고, 또 주위의 손님들은 거름이란 말에 피식 웃었다. 잔뜩 긴장되어 있던 분위기가 느슨해졌다. 그리고 나는 그 손님의 흔적을 치우면서 생각했다.

'그래. 이것은 정말 거름이다. 조선 시대에 인분을 모아 거름으로 쓰던 조상님들도 있는데. 이까짓 것쯤이야! 이까짓 것쯤이야!'

그리고 상황을 받아들였다. 그러자 더 이상 스트레스가 될 수 없었다.

우리는 일을 하면서 간혹 착각한다. 얼마든지 생겨날 수 있는 일인데도, 갑작스럽게 닥치면 있을 수 없는 일이라고 생각하고 부정하고 미워한다. 스트레스는 그때부터 생겨난다. 술집에서 토를 하는 것은 취객으로서 당연히 할 수 있는 일이다. 일부러 마음 단단히 먹고 사람들 있는 데서 그러는 사람이 있을까.

어쩔 수 없이 생기는 일은 너무도 많다. 메디컬 드라마나 영화에서도 최선을 다한 의사에게 늘 긍정적인 결과만 주어지진 않는다. 뷔페를 운영하는데 음식을 몰래 포장해 가져가는 손님도 있을 것이다. 헬스클럽 내 샤워 시설을 난장판으로 만들거나 개인 물품 보관함의 열쇠를 가져가는 손님도 있을 것이다. 이 모든 상황을 통제할 수 없다. 그러니 통제 불가능한 상황에서 사람은 거부감과 무기력을 동시에 느끼고, 자신이 이 상황을 수습할 수 있다는 긍정적인 생각까지 닿지 못한다. '있을 수 없는 일이 일어났어!'라고 여기면서 화를 내거나 부정하는 것이 가장 1차적인 반응이자, 자신을 보호하려는 솔직한 마음일 것이다. 이 자체를 두고 옳다, 나쁘다를 이야기할 수는 없을 것 같다. 다만 어떤 상황이 닥치면 누군가는 해결해야 하고, 그 누군가가 내가 될 수 있다는 걸 늘 염두에 두자는 것이다.

우리는 나의 일을 하는 동안 일어날 수 있는 일들에 대해서 많은 생각을 해야 한다. 또 받아들일 준비를 해야 한다. 당연하게 접시를 닦고 당연하게 계산을 하는 것처럼 크고 작은 사건 역시 당연하다고 여겨야 한다.

내가 할 일이라고 생각하면 된다. 내가 겪으면 안 되는 일, 내가 안 할 일이라고 생각해버리면 그것은 스트레스가 된다. 나쁘게 볼수록 그것은 점점 더 나빠지게 된다. 특히 사람에 대해 부정적으로 생각하면 더 나빠지기만 한다. 만약 어떤 사람을 보기만 해도 불쾌한 감정을 느낀다면 그 감정 자체가 당신에게 스트레스로 작용할 것이다. 그래서 미움받는 사람만 힘든 게 아니다. 미움을 주는 사람도 스스로의 불쾌한 감정에서 헤어나지를 못한다. 그게 스트레스다.

우리는 감정 그 자체가 되지 않도록 자기 마음을 잘 다스려야 한다. 왜 스트레스라고 느끼고 있는지 자기 자신에게 질문해야 한다. 의외로 스트레스는 외부에서 찾는 것보다 내부에서 찾는 게 가장 현명하고 쉬운 방법이다.

좋아요, 좋습니다!

세계 여행을 하기 위해 처음으로 간 나라는 호주였다. 그리고 내가 자리를 잡은 곳은 퍼스였다. 여기에는 웰빙김치라는 김치 공장과 한인 마트를 운영하는 유 사장님이 있다. 그분은 이 일을 하기 전까지 여행사에서 직원들을 관리하고 회사 전반을 살피는 경영자였다고 한다. 여행사에서는 10년이 넘게 일했다고도 했다. 그분의 과거를 혼자 상상해보던 중, 어느 날 이렇게 질문했나.

"여행사에서 오래 일하셨잖아요. 가장 어려운 점은 어떤 거였어요?"

그는 곰곰이 생각하더니 이렇게 대답했다.

"일은 하면 되는 건데, 사람 관계에서 생기는 갈등이 힘들지."

나는 고개를 끄덕끄덕했다. 호주에 오기 전에 했던 여러 일을 떠올렸다. 일은 다 적응이 되어 수월했지만 같이 일하고 있는 사람들 사이에서 오는 갈등과 힘듦이 상상 이상이었기 때문이다. 유 사장님이 이어서 말했다.

"그리고 지금 이 일을 하면서 확신이 들어요. 어떤 직장이든 일보다 어려운 것은 사람이라고."

사장님의 이야길 듣다가 앞으로 내가 꾸준히 부딪힐 문제 중 하나가 사람 관계일 것이라는 생각이 들었다. 그곳에서 얼마간의 시간을 더 보낸 뒤 나는 다시 서울에 왔다. '스타 서빙'이 되기 위해 내가 해야 하는 건 서빙뿐만이 아니었다. 손님과 바로 대면하는 직업인만큼 동료들과의 관계가 중요했다. 그렇게 한 해 두 해를 보내며 쌓은 노하우가 있다. 진심으로 사람들과 이야기하고 성실하게 행동하는 것이다. 저 사람이 나에게 무엇을 원할지, 나라면 어떨지 입장을 바꿔 생각해보고 내가 할 수 있는 일이라면 기꺼이 하는 것.

삶을 진실하게 살다보면 그 태도가 사람을 대할 때도 발휘된다고 생각한다. 그리고 어떤 일을 하든, 그 진실한 태도가 내가 하려는 일 곳곳에 좋은 영향을 끼친다. 어떤 위치에 있든 일보다 어려운 게 사람이라면, 여기에도 진실된 노력과 마음이 필요하다. 그동안 나는 몇 가지 방법으로 인간 관계에 대한 문제를 극복했다.

극복 방법 중에 하나는 부정적인 뉘앙스가 담긴 단어를 사용하지 않는 것이다. 회사에 있는 모든 사람들이 나에게 어떤 일을 맡겼을 때, 나는 생각하지도 않고 반사적으로 외쳤다.

"좋아요, 좋습니다!"

물건을 들고 오라고 할 때도, 함께 무거운 것을 옮기자고 할 때도 그랬다. 이런 식이다.

"효찬아 소주 좀 옮겨다 줘!"

"좋아요. 남자는 힘!"

"오늘 마감이 좀 늦어질 것 같은데요. 어떡하죠?"

"장사 잘 되면 좋은 거죠! 오늘 시간이 짧게 느껴지긴 했어요. 신나는데요!"

서빙할 때도 마찬가지였다. 손님이 무엇인가를 부탁할 때도 나는 외쳤다.

"여기 반찬 좀 더 갖다 주세요."

"좋습니다!"

"죄송하지만, 이것 좀 해주시면 안 될까요?"

"자신 있습니다!"

어차피 해야 하는 일에 나쁜 마음을 덮씌우고 싶지 않았다. 그래서 기분 좋게 말하고 행동하려고 노력했다. 그러다보니 손님과 내부 사람들 모두가 어떤 일이든 나와 소통하고 싶어 했다. 강압적인 성격으로 이름이 난 상사도 언젠가부터 나의 웃는 낯에 더 이상 인상을 쓰거나 무서운 분위기를 만들지 않았다. 그가 그랬던 건, 모두가 긴장하고 일을 해야 손님들 앞에서 실수하지 않고 좀 더 좋은 모습을 보여줄 수 있다는 이유 때문이었다. 하지만 좀 더 부드럽게 해도 일이 잘 진행될 수 있다는 걸 알게 된 뒤엔 그의 무서움도 누그러졌다.

어떤 사람들은 자기에게 일이 주어지면 그 감정을 표정이나 행동으로 바로 나타내곤 한다. 싫은 표정을 드러내는 사람도 있고, 목소리나 말투에 감정이 실린 사람도 있다. 묵묵하게는 있더라도 입이 조금 삐죽 나와 있거나 다리를 심하게 떤다거나, 손톱을 못살게 구는 다른 행동으로 나쁜 기운을 발산하는 사람도 있다. 업무가 과중됐거나 하고 있는 일이 있는 상황에서 갑작스레 새로운 일을 같이 해야 할 때 실무자 입장에서는 짜증이 날 수도 있다. 일에는 호흡과 집중이 중요하니까.

그런데 이런 방식으로 일 자체를 거부하거나 자신이 해야만 하는 일에서 스트레스를 받으면 그 일을 시키는 사람은 그 당사

자의 몸짓을 보면서 스트레스를 받는다. 그리고 강압적으로 돌변한다. 그렇게 서로 감정을 주고받으면서 악순환이 된다.

손님과 서빙하는 사람들 사이에는 이런 일이 더욱 비일비재하다. 만약 손님의 요구까지도 스트레스로 여긴다면 서비스업에 종사한다는 건 불가능하다. 포기하고 다른 일터를 찾아야 한다. 만약 버티기가 가능할지라도 자신을 소모하면서 버티는 것뿐이다. 불평불만을 하며 주변 사람들까지 힘들게 하다가 결국 부조화를 낳고, 적응에서 점점 멀어지다 상처받고 만다. 식당의 홀에서 일하는 사람이 테이블 닦는 일을 당연하게 생각하는 것처럼, 손님이 부를 때 가고, 그들의 요구를 들어줘야 하는 것 역시 같은 맥락임을 인정해야 한다. 부모님이 지어준 이름 세 글자가 아니라, '저기요' 같은 이름 없는 사람이 될지라도.

악순환을 끊는 지혜가 중요하다. 나쁜 감정에 휘둘리지 않기 위해서 연습해보자.

"좋습니다! 좋아요!"

배달의 나비효과

신나는 노래를 틀면 신이 나고 우울한 노래를 들으면 우울해진다. 가끔은 슬픈 노래를 듣다가 닭똥 같은 눈물을 흘리기도 한다. 그런 내 모습을 보다가 문득 내가 뱉는 말에 대해서도 생각해보게 됐다. 우리의 말이 하나의 가사고 행동이 하나의 곡이라면, 나의 말과 행동이 다른 사람에게 영향을 준다면, 그 음악들이 소음이 되지 않도록 노력해야겠다고.

그리고 어떤 정신 의학자의 실험 이야기를 듣고 더욱 긍정적인 말과 행동을 해야겠다는 생각이 들었다. 흥미로운 실험이었다. 내용은 이렇다. 사람들이 욕할 때 생기는 침을 모았더니 그것이 독소로 분류될 정도로 치명적인 침전물이 되었다는 것이다. 사람이 화를 내면 몸속에서 방어 본능을 일으켜 독소 같은 물질을 분비한다는 지점에서 나는 깜짝 놀랐다. 제법 화를 내지 않고 잘 살아온 것이 다행이라는 생각도 들었다. 이 실험이 사실이든 아니든, 욕과 부정적인 단어가 좋은 결과를 만들 수 없다는 사실은 부정할 수 없다.

만약, 지금 운영하는 족발집 동료들에게 화를 낸다면 그들은 사장인 나에게 맘껏 화를 낼 수는 없겠지만 가정이나 친구들에게 돌아가 그 응어리진 마음을 풀어놓게 될 것이다. 곁에 있는 사람들도 함께 상처받을 것이다. 그리고 어딘가에 그런 마음을 하소연하듯 이야기할 테고 언젠가는 우연한 기회로 손님으로서 우리 가게를 방문할 수도 있다고 생각한다. '아, 혹시 이 가게가 그 가게인가?'라고 손님이 인지한 순간, 다시 안 좋은 에너지는 내게 돌아오고야 만다.

꼭 이런 사건이 아니더라도, 마음이 상한 동료들의 능률이 좋을 수는 없을 것이다. 음식의 질, 서비스의 질로 이어질 수도 있고 동료들의 건강이 나빠질 수도 있다. 한 번 뱉은 화는 어떻게든 방향을 삼고 살 있는 것들을 하나씩 부너트리고 만다. 그렇기에 동료들뿐만이 아니라 나와 관계하는 모든 인연을 대할 때

스타 서빙 이효찬, 세상을 서빙하다

나비효과를 생각한다. 오늘을 좀 더 긍정적으로 살기를 마음에 새기면서.

긍정을 좋아하는 나는 "말이 씨가 된다."는 옛말도 좋아한다. 형체 없이 말로만 존재했던 것이 현실에서 피어나는 순간의 기쁨을, 예쁜 싹이 피어날 수 있도록 행동하는 나를 좋아하기 때문이다.

내가 일하는 곳은 대학교와 주택가 사이에 있다. 근처엔 아파트 단지도 제법 많지만, 우리 가게가 모든 사람들의 눈에 닿지는 않는다. 장소가 외졌기 때문에 손님이 손님을 데리고 오기까지는 시간의 마법이 필요했다. 그때까지 버티는 게 관건이었는데 적자가 났다. 마이너스가 날 때의 떨림은 사장이라면 늘 떠안고 가야 할 짐과 같다는 선배들의 가르침을 떠올리며 스트레스 받지 않으려고 노력했지만 쉽지 않았다. 그런데 무조건 갚아야 한다는 조바심이 생기고 나면 일은 더 풀리지 않을 것 같았다. 적자가 났을 때 사기가 꺾이는 건 사장뿐만이 아니기 때문이다. 풀이 죽은 동료들에게 별거 아닌 듯이 말했다.

"지금이 우리가 성장할 수 있는 기회가 아닐까요. 이것을 메꾸고 버티려고만 하다보면 결국 못 버티고 말 거예요. 버티지 말고 차라리 우리만의 방식으로 이겨봅시다! 흑자를 내봅시다! 으하하."

그러다보니 어떻게 하면 우리 음식을 좀 더 알릴 수 있을지를 고민하게 됐다.

"배달을 하면 어떨까?"

동료가 말했다. 그러고는 조금 긴장을 풀고 농담 섞인 대화를 해나가기 시작했다. 아이디어가 떠오르지 않을 땐 재미있는 상상을 하는 게 습관인 나와 동료들은 이런 얘기를 해봤다.

"만약 801호에서 족발을 배달시켰다면 나는 801호의 우편물이나 지로 영수증 같은 것을 함께 가지고 올라가는 거야. 그리고 족발을 배달하고 나올 때는 손님에게 물어보는 거지. '혹시 음식물 쓰레기 있으면 주세요. 내려가는 김에 같이 버리게요.'라고."

"괜찮겠어? 하긴, 효찬 씨는 웃음소리도 특이하고 목소리도 명랑하니까. 부담은 없겠다."

"큰 힘 드는 것도 아닌데. 한 번 해보자. 우리만의 서비스를 하자고."

그리고 홍보 전단지를 만들었고 배달을 시작했다. 웃으며 손사래를 치는 손님도 있었지만, 빵끗 웃는 얼굴로 내 손에 무언가를 쥐어주는 손님도 있었다. 큰 어려움이나 비용 없이도 손님에게 큰 즐거움을 줄 수 있었다. 나도 손님의 표정과 반응을 통해서 즐거움을 얻게 됐다. 그러다보니 배달 단골손님들 중 몇몇 집은 언젠가부터 음료수를 준비하거나 과일을 깎아서 나를 맞이할 준비를 해줬다. 마이너스에서 흑자로 돌아오는 데에는 시간이 오래 걸리지 않았다.

배달을 하게 되면 남들과는 다르게 하고 싶었다. 그저 음식을 무표정하게 툭툭 내려놓고 눈도 마주치지 않고 돈을 받아 나오는 일에서는 벗어나고 싶었다. '어떻게' 배달을 해야 할지, 배달을 가는 동안 음식 맛이 떨어지진 않을지를 늘 고민하느라 실행하지 못했는데 가벼운 이야기 속에서 제법 좋은 답을 찾을 수 있어 우리 모두가 기뻤다. 매출도 자연스레 오르게 됐다. 가치의 무게를 따질 수는 없지만 일하는 사람이 즐겁다는 것을 손님들이 느꼈기 때문에 더 좋은 성과를 낼 수 있었다고 생각한다.

이렇듯 어떻게 생각하느냐에 따라서 내가 하는 일에 재미와 생명력이 달라진다. 말과 행동이 무척 중요하다는 걸 배운 순간이었다. 앞으로도 말이 씨가 되어 튼튼한 잎이 자랄 수 있게 하는 과정에는 늘 개선할 점들이 있을 것이다. 그럴 때 감정적으로 비난하거나 차갑게 비판하기보다는 솔선수범을 통해, 긍정적인 사고로 가고자 하는 방향을 함께 만들어가는 것이 중요하다. 이런 성취의 기쁨이 새로운 영역으로의 도전을 위한 에너지가 된다는 걸 배울 수 있어 기뻤다.

혼자서는 기억,
그 이상은 추억

지금까지 내가 보아온 성공한 가게 사장님들에게는 공통점이 있다. 고객들이 감동하는 가게다. 또 가고 싶은 식당의 필수 조건은 맛이지만, 서비스도 그만큼 중요하다. 어쩌면 서비스와 맛의 비중이 거의 같다고 해도 좋을 만큼. 손님이 가치를 느낄 수 있는 감동이 중요하다. 그리고 이 감동은 직원들의 배려에서 시작된다. 손님을 대할 때뿐만 아니라, 일의 전반에서 마음가짐에 배려가 스며 있어야 한다.

이기적이고 배려심이 없는 사람은 요식업을 해서는 안 된다.

작은 일에도 일희일비하고 감정 기복이 심해져서 좋은 것을 나눌 수 없기 때문이다. 음식은 몸 안으로 들어가는 것이다. 기쁜 마음으로, 오늘의 나에게 칭찬해주기 위해서, 내일 더 잘 살기 위해서. 그런데 사람 관계에 기본적으로 배려심이 없는 사람이면 누군가의 마음을 감동시키거나 기쁘게 만들기가 어렵다. 진심으로 배려할 줄 모르기 때문이다. 그러니 좋은 레시피에 똑부러지는 인테리어로 준비를 했다고 하더라도 손님들을 얻기는 쉽지 않다.

일터에서 다른 사람을 배려한다는 건 그렇게 까다로운 게 아니다. 시청 부근에 있는 족발집에서 일을 할 때 얘기다. 같이 일하던 이모님들 중에는 성격이 둥글지 못한 분이 있었다. 퉁명스럽게 이야기하고 다른 사람의 실수에도 까다로워서 사람들이 어려워했다. 나 역시 그 이모에게 몇 번 쓴소리를 들은 적이 있었다. 그리고 알았다. 저 사람이 누군가를 미워해서 그러는 것이 아니라는 걸. 그분은 그저 그런 성격을 가졌을 뿐이었다. 다만 조화로움에 서툴 뿐.

그래서 생각했다. 내가 만들 수 있는 조화가 무엇인지. 조금 쑥스러운 고백이지만, 여자들에게는 '그날'이 대단히 중요한 것 같다고 생각했다. 그래서 오랜 관찰 결과, 심증으로라도 주기를 알아내려고 했다. 그리고 그 주기에 맞춰서 말이나 행동을 더 조심히 했다. 어지러워하거나 유난히 더 피곤한 얼굴빛이면 내 일을 빨리 끝내고 그 이모를 도왔다. 주류 회사에서 술과 음료수를 갖고 오는 분들께는 땀 닦을 휴지와 마실 것을 늘 같은 자리에 놔두었다. 빨리 배달하는 것이 그분들의 업무이기 때문에 자잘한 대화는 하기 어려웠지만, 그런 마음씀만으로도 우리는 제법 눈인사를 친근하게 했고, 한두 마디를 더 나눌 수 있게 됐다.

언젠가 TV 토크쇼를 주름잡던 중년 연예인이 내가 일하는 족발집에 왔다. 먼저 온 다른 손님들이 대기표를 받고 자리가 나기를 기다리는 중이었다. 그분이 먼저 들어갈 수는 없는지 슬쩍 물으며 '빨리빨리'를 강조했다. 그리고 나는 아주 당연하게, 차분하게 "조금만 기다려주세요. 줄 서 계시고요."라고 했다. 한 사람의 요구에만 집중해서 다른 손님들을 불편하게 만들지 않는 게 서빙가의 역할이기 때문이다.

감동에는 한결같은 마음도 있어야 한다. 한결같은 마음을 가지려면 나 자체가 그런 사람이어야 한다. 요식업계에서 요직에 있는 사람들을 보면, 순간의 감정에 휘말려 자신이 느끼는 모든 것을 다 드러내는 사람이 없었다. 인간관계 하나만 원만하다는 이유로 하는 일마다 잘되는 사람도 본 적이 없다. 그래서 내가 가장 숭요하게 생각하는 것이 한결같은 행동이다.

감정 기복이 심하거나 표정 관리를 못 하는 사람으로 지내면 좋은 이미지를 만들기는커녕 엉망인 사람이 되고 만다. 어제 온 손님이 내 웃는 얼굴과 친절을 기억해서 가게에 다시 왔는데, 그날은 무표정으로 일한다면 그만큼 손님은 실망하고 만다. 이런 일이 되풀이 되는 사람이라면 자신과 일의 관계, 자신의 마음가짐에 대해 생각해봐야 한다.

손님들뿐만 아니라 동료들에게도 한결같은 모습을 보여야 한다. 그래야 자신의 말에 힘이 생기고 무게가 실린다. 한결같은 사람, 한결같이 진심인 사람만이 갖는 힘이다. 언젠가 블로그에 포스팅한 글 '몸값 올리는 방법'이 사람들에게 이슈가 되어 내가 일하는 곳을 찾는 손님들 또한 내 글을 보게 되었다. 그때 내가 부끄럽지 않고 당당할 수 있었던 이유는 일을 하는 1년 6개월 동안 한 번도 인상을 찌푸리거나 무표정으로 일하지 않았기 때문이다. 일관성을 갖는 것은 물론 고달프고 힘든 일이지만, 그 과정을 거치면 누구보다도 자랑스러운 나를 만날 수 있다고 생각한다.

나 혼자만의 일 같아도, 누군가는 꼭 연결되어 있다. 그리고 무덤덤하게 기억하는 일이 될지, 웃으면서 추억하게 될지는 우리의 마음 씀씀이에 달려 있다.

재능과 적성은 우연한 기회에 발견되기도 한다.

하기 싫은 일, 생각해본 적 없는 일, 내 일이 아니라고 생각했던 일을

꾸역꾸역 찔끔찔끔하면서 괴로울 바엔

기꺼이, 해보자.

그게 설령 이 순간을 견디기 위한 자기 최면일지라도.

경험은 모두 배움이다.

그렇게 한 단계 지나면서 감각이 발달한다.

세상을 보는 눈은 그렇게 키워진다고 믿는다.

이것은 자원이다

하기 싫은 일을 해야 할 때, 안 해본 일이지만 지금 당장 해내야 할 때 외치는 말이 있다.

"모든 것은 나중에 다 써먹을 수 있다. 이것 역시 자원!"

가게에서 이쪽저쪽으로 종횡무진하며 손님들의 세상 사는 이 야기를 듣다보면, 직업만 다를 뿐이지 모든 사람들의 인생에는 진리와 같은 공통분모가 있다고 느낀다. 그리고 같이 일하는 동 료들을 통해서, 가게 주변의 다른 상인들, 그리고 시청에서 폐 휴지를 주우러 다니는 할아버지를 통해 많은 것을 보고 배웠다.

그들 모두가 나에게는 선생님이었고, 지표였고, 자원이었다. 나는 사회에 나와 직업을 갖고 사는 동안 이 모든 사람들을 보고 나름의 배움을 얻어 스타 서빙으로 불릴 수 있었다. 이 책을 읽는 사람들 중에는 서빙을 전문직으로 생각하는 사람도 있을 거라고 생각한다. 그래서 내가 생각하는 서빙의 기술을 공유한다.

첫 번째는 서빙 멘트 개발하기다. 언어가 시대에 따라 변화하고 새로운 단어가 생기듯이 서비스 언어도 새롭고 창의적인 것, 지금 우리 사는 시대의 감성에 잘 맞는 단어로 변화해야 한다. 각 가게만의 특징을 잘 나타내줄 새로운 멘트가 있어야 된다. 또한 그 멘트가 효과적이라면 서빙가들에게 전파하고 그것을 사용하도록 장려해야만 한다. 그러다보면 손님들이 오해할만한 단어들이 발견된다. 그때 멘트를 업그레이드 해야 한다.

같은 동료 사이에서도 고운 말을 하도록 장려해야 한다. 일에 대한 활력이 생기고, 직원들 사이에서 일어나는 사소한 갈등들이 줄어들기 때문이다. 직원과 손님 사이에 고운 말이 오가다보면 자연스레 가게 분위기가 부드러워진다. 말이 가진 힘이, 공기까지 바꾸는 것 같다는 생각이 든다. 이를테면 이렇게 대화하는 거다.

"음료수 뭐 있나요?"라고 손님이 물었을 때 평범한 가게는 "콜라랑 사이다요." 하고 짧게 답한다. 하지만 이렇게 해보면 어떨까? "요즘 저희 가게가 고객님들의 건강을 위해서 무색소인 사이다만 취급하는데요, 오늘 사이다 한 잔은 어떠세요?"

두 번째는 모두가 기분 좋게 생색내는 기술이 필요하다. 말없이 알아서 눈치도 못 챌 정도로 빠르게 착착 가져다주는 건 연애할 때는 충분히 감동할 만한 요소지만, 요식업계에서는 좀 다르다. 물을 갖다 줄 때에도, 빈 접시가 된 반찬을 채워줄 때에도, 실내 온도를 조절할 때도 손님에게 이 서비스에 대한 가치를 인지하게 하는 것이 중요하다. 조용히, 말없이, 눈치도 못 채게 행동하면 서비스가 아니라 당연한 것이 되어버린다. 이렇게 해보자.

"여기 물 좀 더 주세요."라고 했을 때 이런 방법이 있다. "아, 물이요? 시원한 얼음도 넣어 드릴까요?"라거나 "자, 여름의 꽃! 얼음물이에요!"라고 하는 것이다. 그리고 물의 온도도 신경 써야 한다. 손님의 손에 약봉지가 있으면 미지근한 물을 주는 게 또 하나의 센스다. 관찰하지 않고 그저 얼음 동동 띄운 물을 최고라고 생각해서는 디테일한 서비스를 할 수 없다.

세 번째는 직원들만 공유할 수 있는 가게의 은어를 만들어야 한다. 여기서 주의할 점은 이 단어들의 성격이 긍정적이어야 한다는 것이다. 만약 어젯밤에 온 손님에 대해 '진상'이라는 표현을 사용하면서 직원들끼리 대화를 하고 있으면 어제 일과는 전혀 상관없는 손님들이 불쾌함을 느낀다. 이 불쾌함은 여러 종류

일 텐데, 내가 생각하는 것은 이렇다. '내가 가고 난 뒤에는 무슨 말을 할까?' '이 사람들은 식사 예절이라는 걸 모를까?' '이렇게 대놓고 흉보는 사람들에게 진정성이 있을까?' 등의 불쾌함을 느끼는 것이다. 그리고 식사마저도 편하게 하지 못하고 가게를 빨리 나서버린다. 그런 손님들이 다시 가게를 찾을 확률은 정말 낮다. 만약, '진상'이라는 단어 대신 '영국의 신사'라고 쓴다면 어떻게 될까?

"어제 20번 테이블에 앉아 있던 손님 진상이었죠?"라는 말을 "어제 20번 테이블에 앉아 있던 손님 진짜 영국의 신사 같았죠?"라고 바꾸는 것이다. 구체적인 흉을 보는 것은 물론 삼가야 할 부분이지만, 그렇게라도 직원들끼리 최소한의 소통을 통해 스트레스를 풀 수 있다면 모두에게 좋은 방법이라고 생각한다. 또한 그 이야기를 들은 손님이 자신의 행동에 대해 생각해보기도 할 것이고 말이다.

그리고 당부할 것이 있다. 서빙을 하다보면 혼잣말을 할 때가 생긴다. 일이 고되면 그렇게 되는 것 같다. 나 역시도 처음에는 그랬던 적이 있었다. 그런데 테이블 정리를 하면서 옆 테이블에 손님이 있다는 사실을 잊고, 지저분하게 먹고 떠나간 손님, 많이 남기고 간 손님의 흔적에 대고 불만 섞인 목소리를 내지 않도록 주의해야 한다. 옆자리에 있던 손님이 그 말을 듣고 오히려 직원들의 눈치를 보는 경우가 생기기 때문이다. 그런 불편한 식사 자리는 모두에게 나쁘다.

서빙은 맛있는 음식을 실수하지 않고 나르는 것이 주목적이 아니다. 이것은 기본일 뿐이다. 가장 넓은 의미에서 서빙은, 손님이 얼마만큼 편안하고 기분 좋게 먹을 수 있는지를 파악하고 행동하는 것이다.

몸으로 이해하는
이 세계

서빙가들도 사람인 이상 욕을 하는 손님, 인상 찡그리는 손님, 기분 나쁘게 만드는 재주를 지닌 손님 등을 겪고 나면 온 세상의 모든 군상을 보게 되는 듯한 기분이 들 때가 있다. 이때 자신의 기분을 가장 기분 좋게 푸는 방법이 있다. 손님에게 그대로 대들거나 음식을 갖다줄 때 툴툴대는 것이 아니다. 나쁜 기분을 그대로 되갚아주는 것이 아니라, 심호흡 한 번 하고 다시 다가가 최상의 서비스를 해주는 것이다. 그렇게 그 손님의 '우리는 알 수 없지만 어떤 상태'에 놓이게 된 기분을 풀어주는 것이다.

그러면 그 인상 쓴 손님도 결국 웃거나 말투가 부드러워진다. 놀랍게도 어느새 모두의 굳은 마음이 풀어진다. 다른 직업에 종사한 사람들도 아마 다르지 않을 것이다. 미운 후배, 동료, 상사에게 떡 하나 더 주자. 나를 위해서.

동료들과는 이렇게 소통하자

■ 동료가 일을 잘하는지 안 하는지 관심을 가질수록 스스로를 해치게 된다. 비교할수록 상대방이 하는 만큼만 하려고 들기 때문이다. 그것이야말로 진정한 손해다. 사서 스트레스받지 말자.

■ 동료의 실수를 언급하면 안 된다. 오늘 그 사람이 깨뜨린 소주잔을 내가 내일 깰지도 모르기 때문이다. 기계도 불량품을 내는데 사람이라고 실수를 안 할 수는 없다. 어차피 벌어진 실수에 대해서는 꾸짖기보다는 격려를 해줘야 한다. 또한 꾸짖은 자신이 그 실수를 하게 된다면 자신의 입지를 잃어버리는 것과도 같다.

■ 아무리 친해도 같은 동료의 옷자락을 잡아끌면서 이야기해서는 안 된다.

■ 동료에게는 "저것 좀 해."라는 지시보다 "같이 하자." 또는 "도와달라."고 하자.

■ 존댓말을 쓰자. 족발집에서 일하면서 배운 것이 있다. 나이

어리고 경험이 짧은 사람에게도 배울 점이 많다는 것. 존중하려면 말도 달라져야 한다는 것. 우리나라는 특유의 정서상 반말을 하는 사람이 좀 더 유리한 위치에 서게 되는데, 평등한 위치에서 모두를 대하려면 존댓말은 필수다.

■ 손님과 대화하는 중에는 사장이 불러도 고개를 돌려선 안 된다.

■ 손님이 컴플레인을 걸었을 때는 일단 말을 가로채지 말고 다 들어야만 한다. 그리고 최소 두 가지 선택할 수 있는 여지를 주어야 한다. 고객이 자신의 선택으로 결정된 일이라고 느끼도록 신경 쓰는 것이 중요하다.

■ 금연 장소에서 손님이 담배를 태울 경우, 큰 소리로 담배를 태워서는 안 된다고 말해야 한다. 한국인의 정서상 그런 말을 하면 주변을 의식해서 대부분 끄게 된다.

■ 옆 테이블에서 주먹다짐을 하며 싸우면 서빙 인원 한 명만 중재를 해야 된다. 나머지 다른 인원은 무심한 듯한 시선 처리를 해야 한다. 가게에 있는 온 시선을 다 받을수록 그들은 점점 더 난폭해진다.

■ 팁은 절대로 받지 않는다. 막상 받게 되면 손님이 다음에 왔

을 때 기대치가 생기고, 늘 바쁘게 서빙하는 사람은 그의 기대를 충족시키기 어렵다. 그래서 결국 손님이 마음이 상해서 오지 않게 된다. 팁 때문에 더 큰 고객을 잃는 짓은 하지 말자. 만약 한사코 팁을 준다면 숙취 해소용 음료라도 한 병 사서 선물하자.

■ 손님에게 주문을 재촉하면 안 된다. 식사를 끝마치고 나가기도 전에 미리 상을 치워서도 안 된다.

■ 테이블 회전이 신경 쓰인다고 손님들의 음식 양을 체크해서도 안 된다. 손님이 그 시선을 느끼기라도 한다면 부담스럽거나 기분이 나빠서 다시는 오지 않을 것이다. 그러면 언젠가는 테이블 회전 걱정이 아니라 테이블에 손님이 없어서 전전긍긍할지 모른다.

■ 아무리 마음에 드는 여자 손님이 있어도 연락처를 물어봐서는 안 된다. 하지만 가게보다 나를 좀 더 위하고 싶다면 물어봐도 된다. 절대 신중할 것!

■ 서빙하는 중에 실수를 했으면 해당 테이블의 손님에게 자기 잘못을 사실대로 말하고 양해를 구해야 한다. 사람에게는 눈빛이 있고 기운이 있어서 괜히 둘러대봤자 심증만 커질 뿐이다. 그럼 그 손님은 다시는 가게에 오지 않는다. 뿐만 아니라 나쁜 소문도 함께 돈다.

■ 손님이 소주잔을 깨거나 무엇인가 실수를 하면 "액땜하셨

네요!" 하면서 사이다라도 1병 서비스로 줘야 한다. 그 자리에서 가장 무안한 사람은 다름 아닌 당사자이기 때문이다. 격려하는 마음을 가져야 한다.

■ 서빙을 장기간 해본 사람이라면, 남녀노소 막론하고 대부분의 사람들이 입안에 손가락을 넣어서 치아 사이에 낀 음식물을 빼내는 걸 본 적이 있을 것이다. 그때 오른편에 이쑤시개를 놓아주자. 손님들은 부끄러워하면서도 고맙게 잘 쓴다. 이것이 센스다.

■ 손님이 기세등등하게 카드를 냈는데 한도 초과가 나왔을 때는 "한도초과네요."라고 큰 소리로 말해서는 안 된다. 은밀하고 은밀하게 진행되어야 한다. 혹여 같이 온 손님이 여자이고, 그분이 자기 지갑에서 카드를 꺼내 대신 내겠다고 한다면, 그 실랑이를 벌이는 와중에 여자 손님 카드를 잽싸게 집어서 빠르게 긁고, 남자 손님에게 "한국 남자 파이팅!"이라고 외쳐보자. 분위기가 화기애애해진다. 나만이 발산할 수 있는 유머를 잃지 말 것!

좋은 서비스를 제공하는 데에는 적절한 시기 같은 건 없다. 손님과 서빙가가 마주하는 모든 순간이 '그때'이기 때문이다.

처음 서빙을 시작했을 때, 나는 스타 서빙이 되기 위해서 특

스타 서빙 이효찬, 세상을 서빙하다

별한 기술을 배워야 할 것이라고 강박적으로 생각했다. 튀는 기술, 튀는 외모 같은 것 말이다. 그래서 칵테일 돌리는 사람들처럼 소주병 돌리는 연습을 해본 적도 있고, 마술을 시도해본 적도 있다.

그렇게 1년 정도 시간이 흐르고서 알았다. 실수가 잦더라도 진심을 다해 일하며, 손님에게 친근하게 대하되 예의 있는 프로의 모습을 보이는 것이 최고의 기술이라는 것을. 결국 원점으로 돌아간 것이다. 마음을 다해 서빙을 하는 것으로.

내가 형식과 보이는 모습들에서 자유로워질 수 있었던 것도 어떤 손님이든 마음을 다해 서비스하려는 마음이 있었기 때문이라고 생각한다. 그리고 손님뿐만이 아니라. 내 동료, 내 가족, 내 사람들과의 관계에도 좋은 영향을 끼치게 됐다. 덕분에 많은 사람들에게 무척 유쾌한 사람으로도 비춰지게 됐다. 습관의 힘이라는 건 이런 것이 아닐까?

불평,
얼마만큼 해봤니?

강이, 진석, 용구는 서울 시청 부근에 있는 만족오향족발의 정 직원으로서 한날한시에 들어왔다. 이들의 책임자인 유원대 이 사는 셋 중에 한 명을 주방장으로 세우려 했다. 하지만 셋 다 칼 질이 출중하지 아니하고, 인성을 바로 알지 못하여 계책을 하나 세우게 됐다.

"앞으로 너희 셋은 무채 썰기에만 매진하여 무생채만 만들어 라."

누 날이 흐르자 강이가 말했다.

"왜 저에게 허드렛일만 시키고 족발 썰기나 족발 삶는 법을 가르쳐주지 아니하옵니까? 저는 족발을 배우러 왔지 무생채를 썰러 온 것이 아니옵니다. 그러니 큰일을 주시면 최선을 다하겠나이다."

유원대 이사가 듣고는 크게 노하여 이렇게 말했다.

"작은 것 하나에도 불평불만을 갖는 자에게 어찌 큰일을 맡길 수 있겠느냐. 또한 음식은 몇 년이 지나도 맛이 한결같아야 하는데, 그렇게 끈기가 없고 인내가 없는 자에게 이 음식을 맡길 수 있겠느냐!"

그의 꾸짖음에도 강이는 말을 제대로 받아들이지 못했다. 오히려 인재를 못 알아봤다며 불평불만을 갖고 스스로가 힘들어하다 한 달도 안 되어 퇴직했다.

1년이 흐르자 유원대 이사가 무채를 썰고 있는 진석을 불러 이렇게 물었다.

"무생채를 하면서 필요한 것이 너에게 무엇이냐?"

진석이 말하기를,

"1년간 무생채를 하느라 무채 칼이 많이 더디어졌나이다. 또한 무채를 버무릴 때 쓰는 고무장갑도 쉽게 구멍이 나버리니, 이참에 많이 사주셨으면 좋겠나이다."

그 말을 듣고 유 이사는 남대문 시장에 곧장 가서 진석에게 무채 칼과 고무장갑을 샀다.

이번에는 용구를 불러 무엇이 필요하냐고 물었다. 용구는 이렇게 말했다.

"무채 위에 양념 재료를 각각 붓지 않고 미리 양념을 만들어두었다가 버무렸더니 색깔이 곱고 더 군침 도는 빨간 색깔이 나왔나이다. 또한 집에서 요구르트와 매실액을 넣어서 만들어보았는데 설탕을 넣는 무생채보다 더 맛깔나고 뒷맛이 깔끔했나이다. 앞으로 우리 가게도 무생채를 만들 때 양념을 따로 만들어 버무리고 매실액과 요구르트를 수주하여 새로운 무생채를 만들었으면 하옵니다."

이 말을 듣고 유 이사는 크게 기뻐하여 용구에게 칼을 잡게 했다. 유원대 이사의 근무일지에는 이렇게 적혀 있었다.

불평불만만 있어서 일의 능률도 없고 오히려 주방의 분위기를 해하는 사람이 있다. 이는 가게에 있어서 필요치 않은 사람이라 재단을 해야 되지만, 대부분 그전에 알아서 그만둔다.
또한 한 가지의 일을 맡기면 한 가지 일만 생각하는 사람이 있다.
이런 사람은 하나하나 검사해주고 한 가지씩 일을 시키면 무난하게 해내는 평범한 사람이다.

마지막 한 명은 더 나은 방법이 있는지 스스로 모색하는 능동적인 사람이다. 이런 사람에게는 검사를 하거나 시킬 것이 아니라 자리만 만들어주면 된다. 그런 사람을 인재라고 부르며 요직에 세워두어야 마땅하다.

거울을 보는 마음으로
동료를 대하라

서빙을 하는 화계는 가게에서 가장 오랜 시간 일을 한 사람이다. 그는 일하는 데 있어서 늘 불평불만이 많았다. 일일근로자가 오면 일을 못한다며 구박하기 일쑤였고, 같이 일하는 동료들에게도 화를 쉬이 냈다. 그래서 모든 동료들이 그를 꺼렸다. 화계 본인도 자신의 화를 주체하지 못했다.

한 번은 설거지를 하던 일일근로자가 컵을 깨트리자 여느 때와 같이 화를 내었다. 일을 하던 이도 성격이 비슷한지라 결국 싸움이 나고 말았다. 화계는 화를 내는 자신의 모습에 회의를 느꼈지만 일하는 데 있어서 옳고 그름은 있어야 하고 잘못된 점은 이야기하는 게 마땅하다고 생각했다. 그래서 그는 유원대 이사에게 찾아가 자기의 행동에 대해 자문을 구하매, 유 이사가 곰곰이 듣고는 말했다.

"나에게는 딸이 하나 있는데 이제 시집갈 나이가 되었소. 그런데 나와 아내가 보기에는 활달하고 애교가 많은 것인데 시어머니가 될 사람이 보기에는 출랑대고 예의가 없다고 생각할 수도 있지 않겠소? 이처럼 하나의 사물을 보아도 보는 이의 마음에 따라서 예쁘게 볼 수도 있고 나쁘게 볼 수도 있는 게 사람이오."

화계는 "제가 사람의 잘못을 찾아서 고치려는 것도 잘못입니까?"라고 다시 물었다. 유원대 이사가 웃으며 답했다.

"사람의 흠을 찾는 것은 무척 쉬운 일이오. 그것을 이익이라 생각하고 남을 경시하며 사람의 흠을 찾는 데만 급급하다보면 결국 자신의 결점에 대해서는 무관심해지는 거요. 그러니 이것만큼 무익하고 우둔한 사람이 어디 있겠소. 장점을 찾아 배우고자 하시오. 즉 시어미의 눈으로 살 것이 아니라 어미의 마음으로 보시오. 그것이 당신에게 이로울 거요."

화계는 크게 감복하여 그대로 실행했다. 훗날 사람들의 하소연을 듣고 마음을 헤아려주는 어진 팀장이 됐다고 한다.

STEP 3

준비성 없는
여행자라도 좋아요!

일단,
까고 보자

어렸을 때부터 나는 의사 선생님의 청진기에다 내 가슴팍을 내밀었고, 간호사 누나에게는 엉덩이를 맡겨왔다. 그렇게 코흘리개 시절부터 자연스럽게 알게 됐다. 병이 들었을 땐 이렇게 홀렁 까야지만 나을 수 있다는 것을.

마음도 마찬가지라는 생각이 든다. 민낯을 보이고 맨살을 보이는 것이 부끄러운 것처럼 마음 역시 겹겹이 둘러친 포장들을 풀어헤치고 나면 부끄럽다. 마음을 감출 수 있는 옷이 있다면 몸에 땀띠가 날지라도 껴입고 싶을 때가 있다. 하지만 마음에 병이 들었을 때는 누군가에게 내 마음을 있는 그대로 보여줄 용기를 발휘해야 할 것이다. 비록 상대방이 마음 건강에 관한 전문의는 아닐지라도.

마음은 마음으로 치료하는 게 가장 좋다. 다른 사람의 마음을 끌어다가 잠시 그것을 에너지 삼아 사는 것도 방법이지만, 나는 다른 방법을 이야기하고 싶다. 가장 힘든 순간에 그것을 억지로 가리려고 들지 말고 자신의 마음을 정직하게 들여다보라고 말이다.

사는 곳이 멀어서 한 해에 한 번도 만나기 어려운 친구가 있다. 이따금 전화를 하고, 온라인을 통해 안부를 묻곤 했다. 음악을 하는 친구여서인지 감수성이 남달랐다. 이따금 그 친구의 이야기를 듣고 있으면 '예술하는 사람들은 다 저렇게 감정 기복이 남다른가보다.'라는 생각이 자연스레 들곤 했다. 때로 그 친구의 섬세한 면모가 부럽기도 했다.

그러던 어느 날이었다. 평소와 다름없는 시간에 일어나 출근 준비를 하려는데 친구에게 전화가 와 있었다. 다시 전화를 걸어보니, 친구의 마음에 병이 든 것 같았다. 이런저런 이야기를 조용히 듣다가 문득 그 친구의 자존감이 무너져가고 있는 것이 느껴졌다. 그런데 본인은 그 사실을 모른 채 이유 없이 마음이 힘든 것 같다고 이야기했다.

"그런 마음이 든 데에는 이유가 있지 않아? 정말로 이유가 없을까?"

나는 이렇게 입을 열었다. 그리고 하나씩 하나씩 그 친구가 시간을 거슬러 기억을 더듬게끔 유도했다. 친구는 조금씩 말을 이어갔다. 처음엔 작품이 마음에 들지 않는다는 이야기로 힘듦을 하소연했다. 그렇게 천천히 기억을 거슬러 올라가니, 그 문제만이 아니었다.

친구는 허리를 가누고 건반을 누를 수 있는 힘이 생겼을 때부터 피아노를 치기 시작했다고 한다. 학교에 다니면서도 피아노 치는 것이 너무 좋아서 일찍이 평생의 방향을 정해놓고 살았다. 그런데 좋아하는 것을 즐기기에는 학생 때부터 겪어야 할 일들이 많았다. 대입 시험을 위해 같은 반 아이들끼리 경쟁하는 것처럼, 음악을 하는 친구들에게도 그런 복잡한 사정이 있는 듯했다.

친구는 좋아하는 것을 즐겁게 할 수만은 없었던 상황들을 천천히 풀어놓았다. 선생님께 주목받아야 하고, 콩쿠르에 나가서는 공감을 이끌어야 했다. 피아노 치는 데 있어서 자신의 부족한 점을 계속 채워나가야 하는 과정들이 심리적인 압박감을 주고 있었다. 그렇게 성장하면서 스스로를 사랑하지 못하게 된 것 같았다. 자신을 평가하고 채찍질하는 일만이 일상이었던 것이다. 가장 뜨겁게 나를 안아줄 사람은 자신인데, 살면서 그 부분을 놓치고 있었던 것이다. 그러니 하소연을 한다고, 응원을 받는다고 해결될 것 같지 않았다.

나는 친구의 이야기를 좀 더 귀 기울여 듣다가 이렇게 말했다. "있잖아, 지금 네가 마음이 힘든 건 요즘 쓰는 곡이 마음에 안 들고 연주가 마음에 안 들어서가 아니라……. 말하기가 조심스 럽긴 한데, 네가 너를 사랑하지 못해서 아닐까? 나는 네가, 너의 편이 되어주면 좋겠어."

눈을 두 번 정도 깜빡이는 동안 친구는 수화기 건너편에서 아 무 말이 없었다. 조금 훌쩍이는 소리를 들은 것도 같다. 친구는 자신에 대해서 좀 더 생각해보면 후련해질 것 같다고 말하곤 전 화를 끊었다.

상처가 덧나면 우리는 걸치고 있었던 옷을 벗는다. 약을 바 르기 위해 맨살을 드러낸다. 마음의 병도 이렇게 치유하면 좋겠 다. 가장 힘들 때 스스로에게 가장 솔직해지는 것으로. 그래야 어디가 어떻게, 왜 아픈지를 가늠할 수 있기 때문이다. 내가 왜 아픈지를 알면 그다음엔 어떻게 고칠지에 대한 방법도 누구보 다 명확하게 알 수 있을 것이다. 나를 알아가고 성장하는 것은 자신의 마음에 둘러쳐진 여러 겹들을 걷어내고 똑바로 볼 때 시 작된다고 믿는다.

니나 내나
마인드

서빙을 하면서 알게 된 사실이 있다. 손님들의 걸음걸이는 배부른 정도에 따라서 달라진다는 것이다. 그중에 가장 재밌는 걸음걸이는 배가 꽉 찼을 때의 걸음걸이다. 자연스럽게 뒤로 몸을 슬쩍 기울이고 느리게 팔자걸음을 하는데, 만삭이 된 임산부가 걷는 모습과 비슷하다.

족발집에서 일할 때였다. 한 번은 남자 손님이 배부른 걸음걸이로 화장실에 갔다. 그런데 홀에서 같이 서빙을 보는 이모가 그 손님은 단골이니 특별히 서비스를 주고 싶다며, 만둣국을 채

위놓았다. 말리고 싶었지만 음식점에서 일하는 사람들이 하나라도 더 챙겨주고 싶을 때의 마음을 알기에, 그러지 않았다. 다만 다시 자리에 앉으려는 그 손님의 표정을 유심히 봤다. 예상대로 무척 심각한 표정이었다. '내가 과연 이것을 먹을 수 있을까? 남기면 미안하고. 어떡하지?'라는 고민이 엿보이는 순간이었다.

차라리 이때에는 휴지 한 장에다가 펜으로 '센스!'라고 적고 이쑤시개를 올려놓는 게 더 큰 감흥을 줬을 것이다. 이게 내가 생각하는 서비스의 요체다. 가게에서 비싼 것을 서비스로 내어준다고 해서 서비스의 질이 함께 오르는 것은 아니다. 누군가는 이쑤시개에서 감동을 느끼고, 누군가는 솔직한 대답에서 마음을 연다. 그래서 서비스는 가격이 아니라 가치의 관점에서 접근해야 된다. 그리고 그 가치는 상대방이 좋아할 만한 것이어야 한다. 서빙하는 사람에게 관찰이 중요한 이유다.

나는 맥주 박스를 낑낑대며 나를 때도 눈과 귀를 열어 놓는다. 처음부터 쉽게 해낼 수는 없었지만 마음이 가는 만큼 들리고 보인다고 생각한다. 그래서 지금은 각 테이블에서 서로의 이름을 어떻게 부르고 있는지, 지금은 무슨 주제로 대화를 하는지를 좀 더 잘 파악하려고 애쓴다. 가게에 내한 아쉬움이 그 대화에 한두 마디 정도는 꼭 들어 있기 때문이다. "여기는 왜 이렇게 더워?"라고 이야기를 한다면 슬며시 손부채를 놓고 갔다. "야 지원이 언제 온대?"라고 말하면 나중에라도 혼자 들어오는 손님에게 "지원 씨죠?"라고 확인해서 아까 그 테이블로 가서 "지원 씨가 오셨습니다!"라며 안내해줬다. 그러면 반응이 안 좋을래야 안 좋을 수가 없었다.

서비스에서 물질적으로 대접하는 것이 무조건 가장 좋은 답은 아니다. 최선의 답은 가치다. 그러니 서빙가를 비롯해 서비스업에 종사하는 사람들은 자신이 몸담은 업계와 소비자, 그리고 매번 다른 상황 속에서 무엇이 가장 가치 있는지를 생각하고, 고객에게 다가가야 한다.

내가 손님에게 관심을 두고 상황에 적합한 서비스를 하는 일은, 손님이 '이 식당은 손님에게 친절하려고 노력한다.'는 생각을 하게 만든다. 실제로도 그렇다. 좀 더 프로 의식을 갖고 자신이 하는 일에 대해 많이 생각하다보면 서비스의 질은 올라가게 되어 있다. 디테일을 챙기기 위한 관찰이 손님에게 있어 기분 좋은 관심이 된다는 뜻이다. 뿐만 아니라, 그 사람의 좋은 하루를 만드는 데도 일조한다고 믿는다. 나의 관찰이, 관찰이 낳은 행동이 타인의 하루 중 얼마에 영향을 끼친다고 생각하면 무심해질 수가 없는 거다.

아직 관찰과 서비스에 대해 어떻게 접근해야 할지 모르겠다면, 이렇게 질문해보자. '만약 자기 자신에게 서비스를 해야 된다면 어떻게 할 것인가? 스스로에게 감동을 주기 위해서 어떠한 서비스를 하겠는가?'

만약 물질적인 보상을 제일 먼저 생각했다면, 처음부터 다시 생각해보길 권한다. 그것이야말로 다른 방법을 고민하고 싶지 않아 선택하게 되는 가장 쉬운 서비스일 수 있기 때문이다.

이렇게 한 번이라도 더 관찰에 노력을 기울이고, 주변에 관심을 가지며 디테일한 것들을 챙기고 있는지 스스로에게 묻고 솔직하게 자신을 점검해야 한다. 서빙가로 하루하루 살아가며 느끼건대 고객은 나와 아주 다른 사람이 아니다. 입장을 바꾸어 생각할 줄 안다면 정답 없는 질문에서 나만의 기발한 대답을 만들 수 있을 것이다.

그러기 위해 가장 먼저 스스로를 알아가야 한다. 내가 어떤 사람인지, 무엇을 좋아하는지, 어떤 때 기쁜지, 내가 고객의 입장이라면 실제로 어떻게 행동했을지를.

자신만의 생각을 거듭하면서 일을 해야 인생을 재밌게 살 수 있다. 호불호가 뚜렷해질수록 선택은 쉬워질 것이다. 하지만 내가 좋아하는 게 뭔지도 모른 채 일을 하면 이리저리 끌려다니게 될 것이다. 지치고 힘든 시기도 빨리, 자주 찾아올 것이다. 나에 대해 모르는 만큼 어울리지 않는 행동을 많이 하기 때문이다.

빅 데이터니 통섭이니 하면서 세상이 점점 더 복잡해진다. 넘치는 지식과 복잡함 사이에서 생각을 멈추고 검색에 의존하며 갈팡질팡하기 쉬운 시대가 바로 지금인 것 같다. 그대는 이 스마트한 시대에 살아남고 싶은가? 그러면 검색하지 말고 사색하자. 이것만이 삶의 균형과 즐거움을 만드는 데 도움이 될 것이다.

어떤 결정을 앞에 두고

하루에도 열두 번씩 마음이 이랬다저랬다 할 때

나는 나를 믿을 수가 없다.

조급하고 답답한 마음에 여러 사람을 찾아가서 조언을 들어도

뚜렷하게 결정할 수 없을 땐 그냥 가만히 있는 게 좋다.

마음의 파도가 다 지나갈 때까지 기다려보자.

내 삶은 내가 결정해야 한다.

없으니까
쪼개 쓰면 된다

"월급이 적어서 돈 모으기가 어려워. 효찬이 너는 많이 벌지?"

"회사 일이 많아서 자기 계발할 시간이 없어. 어쩜 너는 그렇게 즐거워?"

가끔 이렇게 내게 하소연 하는 친구들이 있다. 사실 이것들이 왜 부족한지는 이미 나와 있다. 다만 자신의 씀씀이와 지출을 정확히 파악하지 않고 고민만 하고 있기 때문에 더 막막한 것이다. 그러니 점점 시간은 가고 모이는 돈은 없고, 나 자신은 피폐

해지는 것만 같아 화나고 겁도 나고. 급기야 자신을 컨트롤하지 못하고 손 놓게 되는 거다. 은근히, 누군가가 해결해주기를 바라게 되고 말이다.

오늘을 어떻게 써야 할지도 모르는 상태에서 시간과 돈을 모으기는 어렵다. 잠을 세 시간만 자겠다고 해도 불가능하다. 왜냐하면, 세 시간 동안 안 자는 것은 좋은데 깨어 있는 그 시간에 무엇을 할지를 생각하지 못했기 때문이다. 명확한 목적이 없다면 잠을 줄일 수도 없다. 심지어 그럴 필요가 없어져서 당일에 알람을 끄고 다시 자버리기도 쉽다.

족발집 일을 끝내고 바로 옆에 있는 치킨집에서 다시 닭을 튀기며 하루에 세 시간만 자던 이모가 있었다. 그분도 많은 어머님들이 잠을 줄여가며 일하시는 것을 보았다고 했다. 20대가 한창인 나보다 체력적으로 약할 텐데도 잠을 줄이는 게 가능했던 이유가 있었다. 명확한 목적과 상황이 있었기 때문이다.

경험해본 사람들이라면 알겠지만, 내가 놓인 환경 자체가 바쁘게 돌아가면 큰 결심 없이도 잠을 줄이게 된다. 내가 놓인 상황이 나를 그렇게 만드는 거다. 그러니 좀 더 많은 일을 하며 최대치로 살아보는 것이 누군가에겐 더 효과적일 수도 있다.

하지만 누구에게나 다 긍정적인 효과를 가져다주진 않는다. 잠을 줄여도 괜찮은 사람이 있는가 하면, 일정 시간 이상은 꼭 수면을 취해야 능률이 더 오르는 사람이 있기 때문이다. 그래서 많은 시도를 통해서 자기 파악을 잘 해야 한다. 내가 20대 초반에 꾸었던 꿈과 계획들이 실패할 수밖에 없었던 결정적 이유는 허울만 있었기 때문이다. 목표한 것이 있다면 이것을 마냥 멋있게 포장하지 말고, 구체적인 계획을 세워야 한다. 요리 책에서 간장 1큰술, 마늘 1스푼이라고 하듯이. 자기 꿈에 맞는 구체적인 계획을 짜고, 그 안에 '오늘의 습관'을 만들어야 한다.

목표는 오늘의 과정이 쌓여야만 다가갈 수 있다. 그리고 계획을 이루며 목표에 도달하려면 오늘이 건강해야 된다. 밥만 규칙적으로 먹을 것이 아니라. 잠자는 것부터 시간을 효율적으로 쓰는 일까지, 건강한 하루의 습관을 만들어야 한다. 마라토너처럼 꾸준히 멀리 가는 사람들은 대개 건강한 하루를 만드는 사람들이다. 그런 사람들을 보며 느낀 것이 있다. 최대한 단순하고 심플하게 생활하는 것이다. 꼭 필요한 일, 의미 있는 일을 기준에 두고 감당할 수 없는 욕심은 과감히 버리는 삶을 보면서 나는 감탄했다. 나에게 주어진 시간과 한정된 경제력을 활용해서 효율적으로 살아가려면 꼭 필요한 인생 습관이라는 것도 그때 깨달았다. 이렇게 한 번 생활 습관을 들이면 자신이 목표한 모습에 조금 더 빨리 도달하게 된다.

나는 하루의 절반을 일터에서 보냈다. 내가 사는 파주에서 시청까지 가는 시간은 왕복 세 시간 정도였다. 그래서 자기 계발에 쓸 시간이 표면적으로는 약 세 시간이었다. 처음에는 이마저도 피곤해서 쉬는 데에 쓰기 일쑤였다. 아무 생각 없이 멍하게 한 시간을 훌렁 보낸 적도 있었다. 그러다 어느 순간 이렇게 살면 내가 원하는 스타 서빙을 이루지 못할 것 같다는 생각이 들었다.

그 뒤부터 내게 주어진 시간을 파악하기 시작했다. 잠은 집에 와서 자는 것 세 시간과 버스 안에서 보내는 세 시간으로 총 여섯 시간을 만들었다. 그리고 저녁 시간 영업을 위해 가게가 잠깐 쉬는 시간을 활용해서 총 8시간 정도의 자기 계발 시간을 만들었다. 혹시라도 버스에 사람이 많으면 출퇴근 시에 자리에 앉을 수 없기 때문에 5분 정도를 더 소요해서 한 정거장 앞서 가서 버스에 오르곤 했다. 5분만 고생하면 1시간 30분을 앉아서 잘 수 있었기 때문에 남는 장사였다. '저렇게까지 해야 되나?'라고 생각한 분들도 있겠지만, 당시에는 이렇게 해야만 하는 명확한 목적이 있었다.

지금은 새로 자리를 잡은 가게와 숙소가 멀지 않아서 자는 시간을 모두 한곳에서 쓴다. 나머지는 좀 더 발전시켜 시간을 효율적으로 쓰고 있다. 이처럼 그때그때 상황에 맞게 조질하는 게 가장 좋다. 잠을 얼마나 잘지, 저축을 얼마나 할 수 있을 때인지,

소비 패턴은 어떤지, 투자를 한다면 얼마만큼의 손해를 감수하고 몇 퍼센트의 수익을 노리는지를 꼼꼼하게 생각해야 한다.

내 삶의 아주 사소한 부분이라도 대신 책임져주는 사람은 없다. 아주 가늘고 얇은 부속부터 굵고 커다란 부품까지를 인생이라고 볼 때, 관리자이자 건물 자체가 되는 사람은 나 하나다. 그러니 무턱대고 덤비기보다는 나를 알고, 나에게 맞는 계획을 세워 큰 그림을 꼼꼼하게 그려나가는 것이 중요하다.

하고 싶은 일을 하며 먹고 사는 일만큼 행복한 게 없다.

그런데 많은 사람들이 일이 손에 익고 난 뒤에는 매너리즘을 겪는다.

지금까지 해온 경험과 능력으로도 당분간은 쉽게 돈을 벌 수 있다고

자만하게 되는 순간이 오는 것이다.

그런데 그렇게 쉬운 돈만 벌면서는 살아남을 수 없다.

성장하지 않으면 얼마 못 가 그 돈도 벌기 어려워진다.

내가 매 순간 새로운 서빙 멘트를 생각하고 여러 이벤트를 생각하는 이유다.

하고 싶은 일을 계속 하며 살기 위해서다.

성장하지 않으면 돈을 벌 수도 없다.

주머니가 비어버리면 내가 하고 싶은 다른 일은 시도조차 할 수 없다.

아마 행복도 사라지고 말 것이다.

그러니 언젠가는 꿈보다 돈을 먼저 생각해야 되는 순간이 올지도 모른다.

그럴 땐 좌절하지 않고 돈에게 인생을 배웠다고 생각하기로 했다.

나의 성장에 큰 영향을 미친 것으로 꿈 다음에 돈이 있었다고 당당하게 말하기로 했다.

무엇을 하며 살아야 할지 난감해서 아무 말도 할 수 없었던 때를 기억하면서.

내 입맛에 맞으려면
내가 만들어야 한다

2010년에 나는 스물다섯 살이었다. 군에서 제대하고 복학하는 친구들 소식을 듣고 있던 시기였다. 그리고 불현듯 재수를 결심했다. 아주 갑작스럽게 한 결정이었다. 하지만 이번엔 내 의지에서 우러나온 결심은 아니었다. 가족들의 의견이 반영된 것이었다. 그때 내가 준비하던 것은 대학 진학이 아니라 세계 여행이었다. 마음을 바꾸게 된 계기는 설날 가족 모임에서 들은 권유들 때문이었다.

"효찬아, 너무 겉돌면서 사는 거 아니니? 청춘도 좋다지만…… 곧 사회인이 되는데 대학에 다시 가면 어떠니?"

온 가족이 나를 보고 그렇게 이야기를 하는데 어딘가 모르게 뭉클했다. 잔소리라는 느낌이 들지 않았다. 이상한 일이었다. 그리고는 결심했다. 다시 대학에 가기로. 이참에 주변 사람들이 바라는 내 모습도 완성해서 보여주고, 내가 얼마나 스마트한 사람인지 느끼게 해주면 좋을 것 같다는 계산이 섰다. 지금까지 나 하고 싶은 대로 살아왔으니 한 번쯤은 그동안 나를 돌봐주고 응원해준 가족들의 소원도 들어주면 얼마나 좋을까, 하는 긍정까지 솟아올랐다.

어느 대학이든 내가 원하기만 하면 갈 수 있을 거라는 믿음이 있었다. 그 길로 곧장 서울대학교 근처에 방을 얻었다. 소위 말하는 SKY 진입을 계획했다. 그리고 1년이 지났다. 나는 완전히, 퍼펙트하게, 망해버렸다. 가족들에게 내 수능 점수를 말하기도 민망할 정도였다. 점수 고하를 떠나 스물다섯 살에 받아본 수능 성적표는 열아홉 살에 받아본 것보다도 느낌이 훨씬 독했다. 그리고는 생각했다. 내가 하고 싶은 걸 해도 망하고, 원하지 않는 걸 해도 망하는구나. 그럼 어차피 망할 것, 내가 하고 싶은 걸 하면서 살자. 망하더라도 후회나 잡생각이 없도록.

수능을 준비하는 1년간 마음이 힘들기는 했다. 내가 하고 싶은 건 바다 건너 다른 나라 곳곳에 있는데 이 방구석에서 혼자

뭐하는 건지, 내가 잘살기 위해서 하고 있는 게 맞기는 한지. 세계 여행 대신에 좋은 대학에 들어가면 그보다 더 행복해지기는 할지. 학비는 어떻게 할지. 서른이 되었을 때 내게 남은 게 무엇이 될지 등의 상상이 매일 끊이지 않았다. 그러니 고배는 당연한 결과였다. 아무 생각 없이 공부 하나만 해도 부족할 판에 나답지 않게 걱정이 너무 많았다. 그래서 다시 짐을 쌌다. 세계 여행을 하기 위해서. 첫 출발지는 호주였다.

그리고 계절이 몇 번 더 바뀌고 내가 호주에서 한국으로 돌아왔다. 다시 가족 모임이 있었고, 명절이었다. 식사를 하다가 재밌는 일을 겪었다. 내가 재수를 하기로 마음먹을 때에 결정적으로 큰 영향을 준 어른께서 당신이 내게 대학을 권한 걸 기억 못 하셨던 거다.

"아, 내가 그랬어?"

그때 다시 생각했다. 스스로의 선택에 대해서 말이다. 어쩌면 나뿐만 아니라 꽤 많은 사람들이 자신의 인생을 결정짓는 선택을 하는 데에 있어서 타인의 말을 더 많이 듣고 귀기울이고 있을지도 모른다고. 정작 나를 위한 걱정들로 가득한 말이고, 누군가가 보기에는 안정된 길이라고 하더라도 그 사람들이 나의 삶에 대해 책임을 지지는 않는다고. 그러니까 그들이 그 상황에서 아무리 심각하게 진심으로 이야기했든 그렇지 않든 시간이 얼마만큼 지나고 나면 결국 나만 기억하는 말이 될 것이라고.

왜 기억을 하지 못하셨을까 생각해봤다. 이 선택과 결과에 대해서 책임을 지는 사람이 나뿐이었다. 그분의 말은 어디까지나 그분의 시각에서 하는 말이다. 책임을 지는 사람과 그렇지 않은 사람이 갖는 말의 무게는 다르다. 아마 대학에 대한 것도 같은 맥락이었을 것이다.

어떤 결정을 해야 할 때 타인의 말을 지나치게 많이 반영하게 될 때가 있다. 사소하게는 라면을 끓일 때도 그렇다. 누구는 라면 봉지에 든 재료만을 넣고 끓이는 걸 좋아하지만, 그 옆에 있는 어떤 사람은 이것저것을 넣어 먹고 스프도 좀 적게 넣어야 제 입에 맞을 거다. 만약 이 라면을 끓여서 나 혼자 먹을 거라면 다른 사람에게 간을 봐달라고 하거나 라면에 넣을 재료를 정해달라고 해선 안 된다. 누구는 짜게 먹고 누구는 싱겁게 먹고 누구는 맵게 먹는다. 내가 먹을 거면 내 입맛에 맞춰야 된다. 인생도 마찬가지다. 정말로 내 인생을 살고 싶다면 내 입맛에 맞춰야 한다. "살맛 난다."는 말은 아마 그런 데서 오지 않았을까?

스타 서빙 이효찬, 세상을 서빙하다

내 인생의 질문에는
내가 대답하면 된다

대안 학교인 이우학교에서 학생들을 가르치는 김주현 선생님의 강연을 듣게 됐다. 강연의 제목은 '욕망의 발견'이다. 이 강연은 다른 사람들의 욕망, 또는 타인이 내게 투영하는 타인의 욕망을 자신의 욕망이라고 착각하고 그에 맞추어 살고 있는 것은 아닌지를 되짚어보자는 취지를 가졌다.

이번에 함께 일하는 동료가 꽃꽂이에 대한 욕망을 발견했다. 이 사건은 내게 큰 즐거움이 됐다. 그리고 삶에서 가장 중요한 게 무엇인지를 고민하던 내게 동료의 모습은 어떤 힌트가 되어

주기도 했다. 꼿꼿이 세계에 눈을 뜬 그 동료뿐만이 아니라 다른 동료들도 자신의 진짜 욕망을 찾기를 바랐다. 김주현 선생님의 욕망 프로세스를 이해해서 동료들에게도 알려주고 싶어졌다. 어떤 방법으로 진짜 내가 원하는 것을 찾는 것인지, 찾을 수 있기는 한 건지도 궁금했다.

선생님은 자신이 가르치는 학생들에게 부모의 욕망이 아니라 스스로의 욕망을 찾을 수 있도록 14일간의 욕망 찾기 프로젝트를 진행했다고 한다. 게다가 소기의 성과까지 거뒀다고 했다. 그래서 이 강연을 듣는 청중들도 이 14일간의 프로젝트를 체험하게 됐다. 나 또한 욕망 찾기 프로젝트가 어떻게 진행되는지 궁금했다.

방법은 간단했다. 손톱을 물어뜯는 사람은 어떻게 그 욕구를 참을 것인지 구체적으로 방법을 찾는 것이다. 지금까지 그림을 그려보고 싶었지만 그리지 못했다면 이 14일 동안 매일 1점씩 그려보는 거다. 단, 무엇을 하고 싶은지 무엇을 고칠지는 '부모님한테 물어보면 안 된다'는 재밌는 주문이 있었다. 순전히 나의 욕망 나의 욕구를 스스로 찾아보는 시간이다.

강연이 끝난 뒤 몇몇 사람들이 선생님께 질문을 하는 시간을 가졌다. 그런데 신기하게도 질문의 내용이 다 비슷했다.

"저는 서른다섯 살 회사원입니다. 하지만 지금 제가 이 일을 잘하고 있는 건지 못하고 있는 건지 잘 모르겠습니다."

"저는 지금 식품에 관련된 일을 하고 있습니다. 그런데 일을 곧 그만두고 창업을 하려고 합니다. 걱정이 앞서기도 하고, 너무 늦은 나이에 시작하는 게 아닌가 싶어 고민입니다."

질문자들은 하나같이 "지금 내가 잘하고 있는지 모르겠다."라는 비슷한 맥락의 고민을 질문으로 바꾸어 말하고 있었다. 사람들의 질문을 귀 기울여 듣고 있다가, 예전에 같이 음악을 했던 동생이 군인이 되면서 나에게 보낸 편지가 떠올랐다.

"형, 사실 전 요즘 조금 혼란스럽습니다. 현실과 꿈에서 헤매고 있어요. '조금만 더, 조금만 더.'라는 생각을 하면서도 점점 한계를 느끼는 것 같아요. 그래서 다 내려놓고 돌아갈 생각을 했다가도, 겁이 나서 그러지 못하고 있어요. 저는 어떡해야 할까요?"

나는 이 질문을 받으면서 예전의 나를 떠올렸다. 그리고 일기장을 뒤져 그때의 기록을 찾았다.

어떻게 살아야 되는지 아무도 가르쳐주지 않는다.

나이가 들어도 사는 게 서툴러서 사람들 눈길 하나에

말 하나에도 가슴이 멎을 것만 같은데.

버스에 비친 내 얼굴을 보며

입김을 불어도 더 이상 뜨거운 무엇인가가 나오질 않아

아무것도 그릴 수가 없다.

그렇게 나는 아무것도 알지 못한 채

어른의 몸을 닮아가고 있다.

2009년 9월에 쓴 일기다. 이때 나도 허공에 대고 똑같은 질문을 했다.

"내가 좋아하는 게 뭘까요? 어떻게 살아야 할까요?"

하지만 여기에 대한 대답은 어디서도 들을 수 없었다. 학교에서 공부는 다 가르쳐줬어도 유독 이런 문제에서는 냉담했다. 답답한 마음에 버스를 타고 가다 창밖을 보며 울었던 적이 있다. 그런데 이제는 저 질문들이 다른 친구들을 통해서 나에게 돌아오고 있다. 그들이 묻는다.

"어떻게 사는 것이 맞는 걸까요?"

"지금 제가 잘하고 있는 게 맞나요?"

"제가 뭘 좋아하는지 모르겠어요."

"뭐부터 해야 되는지 모르겠어요."

나는 대답한다.

"저도 몰라요!"

당신이 뭘 좋아하는지 나는 알 수 없다. 아마 당신 빼고 알 수 있는 사람은 아무도 없을 것이다. 잘하고 있는지를 알려줄 수도 없다. 불안한 마음을 조금 이해할 뿐이다.

그런데 이토록 불투명하고 불분명한 것들 사이에 아주 명확한 게 하나 있다. 이 모든 질문에 대답을 할 사람이 딱 한 명 있다는 것이다. 바로 당신. 질문을 했던 본인이다. 세상이 아닌 자신에게, 타인이 아닌 나에게, 거울을 보고 물어야 한다. 그동안 질문하는 데에 익숙한 학생으로 살았다면, 이제는 자신의 삶에 질문을 하고 스스로를 점검하면서 더 나은 삶을 살고자 하는 한 사람으로 거듭날 차례다.

내가 뭘 좋아하는지 모른다면 더욱 더 나를 시험해봐야 한다. 내가 뭘 잘할 수 있는지 모르겠다면 뭐라도 더 시도해봐야 알 수 있다.

사람들이 너무 신중하지 않았으면 좋겠다. 너무 경직되고 어깨에 힘이 들면 시작하기도 힘들다. 특히 그런 질문에 휩싸여 스스로 마음이 너무 힘들다면, 지금 당장은 무엇인가를 결정할 때가 아니다. 오히려 성장하기 위해서 고생과 경험을 자처할 때다.

누구도 미래에 대해 말해줄 수 없다. 한 번에 결정해서 끝까지 목표 지점에 골인하는 일도 거의 일어나지 않는다. 설령 이 글을 읽는 당신이 20대가 까마득한 나이더라도, 나이는 중요하지 않다. 좋아하는 일, 잘할 수 있는 일을 찾고 싶다면 뭐든 더 해봐야 한다. 그리고 살아만 있다면 그리고 정말로 간절히 원한다면 지금이라도 당장 시도해보는 것으로 큰 점수를 줘야 한다.

언젠가 그 경험들이 분명 힘이 될 것이다. 그리고 훗날에는 고민할 필요도 없이 잘하는 것과 좋아하는 것이 무엇인지 자신 있게 얘기도 할 수 있을 것이다. 그때에 스스로 잘 살아왔는지 잘 해왔는지도 자연스레 알 수 있을 것이다.

그래서 나는 당신이 자기 자신에게 질문하는 시간을 가졌으면 좋겠다. 더 이상 미뤄선 안 된다. 사람은 연습을 하면 잘하게 된다. 행복을 미루는 연습, 하고 싶은 것을 미루는 연습. 그것도 계속 연습을 하다보면 능수능란해질 텐데 그렇게 되면 얼마나 속상하고 안타까울까?

연습하자! 나에게 질문하고 나에게 의문을 던지자! 그러다보면 우리는 그 모든 질문에 스스로 답하게 될 것이다. 어쩌면 그런 질문을 할 필요도 없이 스스로를 믿고, 스스로에게 의지하며 누구보다도 행복이 충만한 삶을 살게 될 것이다. 나도 꾸준히 내게 질문하며 살아야겠다.

제가
두부가 되어드리겠습니다

우리 가게에는 재밌는 제도가 하나 있다. 그것은 바로 오피스아 워다. 언젠가 무라카미 하루키의 책을 읽다가 이런 내용의 글을 읽었다. 자신이 예전에 미국 생활을 했는데 그곳에서 생활하는 동안 가장 인상 깊었던 것이 바로 오피스아워라는 것. 오피스아 워는 미국 대학들이 가진 특수한 제도라고 한다. 일주일 중 어 느 정해진 시간에 누구든지 선생의 연구실 문을 두드려 학생과 선생이라는 틀에서 벗어나 무엇이든 자유로이 이야기할 수 있 는 시간이다.

나는 책에 눈을 고정시켜놓고 '이거다!'라고 생각했다. 자신의 삶에 대해, 살면서 궁금한 것들에 대해 이야기 나누는 시간. 타인의 생각을 듣고 싶을 때 자유롭게 이야기할 수 있는 시간이 우리에게도 필요하다고 느꼈다. 그래서 우리 가게도 한 달에 한 번씩 무엇이든 자유로이 소통할 수 있는 시간을 마련했다.

스타 서빙으로 알려지다보니 언젠가부터 여러 지역에서 나를 만나러 오는 분들이 늘기 시작했다. 대부분은 나와 비슷한 또래였다. 무작정 찾아오는 사람이 간혹 있어서 마음은 고맙지만 때로는 부담스러웠다. 그래서 차라리 이런 정기적인 모임을 만든다면 서로에게 부담도 없고 의미도 있을 거라는 생각이 들었다.

그렇게 시작하게 된 오피스아워. 여기에 참석한 사람들과의 인연은 세바시의 스쿨이라는 프로그램 덕분이었다. 첫 만남은 내가 강연을 하고 족발을 나누어 먹으면서 적당히 수줍고 반갑게 대화하는 자리였다. 하지만 회를 거듭하면서는 내 강연, 내 이야기보다는 사람들의 이야기를 듣는 것이 더 중요해졌다. 그러면서 나는 서서히 말하지 않아도 되는 사람이 됐다. 눈을 맞추며 경청하는 시간이 생긴 것이다.

어떤 사람은 하루에 책을 100쪽씩 꾸준히 읽는 습관을 통해 통찰력을 키우는 노하우에 대해서 이야기했다. 어떤 사람은 시련을 통해서 새롭게 마음을 다잡고 일어날 수 있었던 이야기를 들려줬다. 그렇게 자신의 지난날에 대해 이야기하는 사람들 중에는, 이것저것 시도해서 실패만 맛봤지만 앞으로도 여러 가지를 도전해보고 싶다는 당찬 스물한 살 소녀도 있었다. 그들의 목소리에서 열정과 성숙해진 모습을 느낄 수 있었다.

이렇게까지 서로 터놓고 이야기할 수 있었던 건 세바시의 스쿨에서 자신의 인생 그래프를 그려보고 그 그래프를 사람들 앞에서 이야기했던 경험 덕분이었다. 마이너스와 플러스가 한눈에 보이는 그래프에서 가장 높은 지점과 낮은 지점에 대해 말하는 게 프로그램의 취지였다. 그런데 아무도 그 두 가지만 말하지 않았다. 처음부터 끝까지 자신의 이야기를 모두 말했다. 모두가 그렇게 자신의 이야기를 편집 없이, 가감 없이 솔직하게 말하다보니 수업 시간이 예정보다 두 시간이나 더 길어졌다. 그렇다고 해서 정해진 시간을 이유로 사람들의 이야기를 자를 수는 없었다. 그들의 표정은 내 강연을 듣는 사람들의 표정보다 더 행복해 보였고 들떠 있었기 때문이다.

오피스아워도 마찬가지였다. 자신의 삶에 대해 이야기할 때 얼마나 설레는지, 경험해본 사람들은 안다. 설령 그것이 좋은 결론으로 닿지 않았다고 하더라도, '상처가 되었던 일들에 대해 덤덤하게 애정을 담아 이야기할 수 있을 때의 뜨끈뜨끈한 마음이 얼마나 소중한 것인지, 좀 더 많은 사람들이 느끼면 얼마나 좋을까?'라는 생각을 그들의 얼굴을 보며 했다.

사람들의 일에 정해진 답이 없다는 말은, 비슷한 사건 속에서도 모두가 살아온 시간과 방식이 다르기 때문이다. 아주 똑같이 규격화된 삶들을 모두가 살고 있다면 우리는 모두에게 바른 길과 잘못된 길에 대해 재단하고 평가할 수 있을 것이다. 그런데 삶은 그렇지 않다. 그날 여러 가지 인생 그래프를 보면서 느꼈다. 누군가의 삶을 전해 들을 때 혹은 나의 지난날을 다시 생각해볼 때 잘못을 따지는 일은 중요하지 않다는 것을 말이다.

많은 사람들이 자신의 삶을 담백하게 주변 사람들과, 또는 아주 새로운 사람들과 공유하는 시간을 가졌으면 좋겠다. 대화를 하는 동안 주고받는 감정들을 통해서 우리는 서로에게 삶에 대한 영감을 준다고 믿는다.

그런데 그런 것들을 전혀 느낄 수 없다면 언젠가는 '나는 누구인가? 어떻게 존재하는가? 나의 삶은 잘 흘러가고 있는가?'라고 스스로에게 묻게 될 때 너무 고독해질 것 같다. 아무도 나의 존재를 모르고, 나의 삶을 공감하지 못할 때 나는 가장 외로웠다. 그동안의 경험으로 미루어 많은 사람들이 나와 비슷할 거라고 생각한다. 이야기를 쏟아냄으로써 복잡한 감정을 비워내고, 좀 더 좋은 에너지를 마음에 채울 수 있기를 바라는 마음에, 모두가 서로의 삶을 공유하면서 소통하면 좋겠다고 생각하게 됐

스타 서빙 이효찬, 세상을 서빙하다

다. 서로의 역사를 공유하면서 인생이라는 바다에서 고기 잡는 방법을 직접 가르쳐주기 보다는, 고기가 얼마나 맛있는지를 알려주는 존재가 서로에게 되어주면 좋겠다.

강연을 하고 나면 무대에 선 그 잠깐 동안의 모습 때문인지, 나를 조금 특별한 사람으로 보는 분들을 만나곤 한다. "효찬 씨처럼 열정 넘치는 사람을 못 만나봤어요."라고 말하는 어떤 분의 말에 강하게 부정한 적이 있다.

"하하. 저도 우울할 때 있어요. 늘 열정적이진 않아요."

용기, 희망, 긍정처럼 좋은 에너지만 가진 사람처럼 오해받곤 한다. 사실 그렇지만도 않다. 나 또한 도망치고 싶을 때가 있다. 잠에 들기 전에 죽음에 대한 생각에 깊게 빠져서 한없이 우울해진 적도 더러 있다. 아마도 많은 사람들이 그렇게 문득 우울감에 젖어 있거나, 어떤 기억에서 회복되지 못한 채로 살고 있을 것이다. 그런 감정들이 잘못됐다고는 생각하지 않는다. 내가 죽음에 진저리를 칠 때 누군가는 삶에 소스라치게 놀랐을 것이다. 내가 삶의 생명력을 실감하고 정신이 번쩍 들었을 때, 또 다른 누군가는 죽음이란 무엇인지, 어떻게 살아야 하는 것인지를 골몰하느라 한없이 깊은 상념에 잠겼을 것이다. 우리가 느끼는 감정들은 다 비슷하다. 다만 느끼는 시기가 다를 뿐이다.

자신의 시간과 감정을 꼭꼭 숨기면서 혼자서 끙끙 괴로워하지는 말기를 바란다. 그게 바로 스스로를 독방에 가둔 것이기 때문이다. 감옥에만 독방이 있는 건 아니라는 걸 기억하면 좋겠다. 설령, 자신이 만든 독방에 스스로 갇혔다고 한들, 거기서 겨우 빠져나왔을 때 바로 알아차리고 두부 한 입 먹여주려는 사람도 없을 거다. 아무도 당신이 그 안에 들어갔다가 나온 걸 모르기 때문이다.

이런 나의 주장에 "말을 한들, 바뀌는 게 있긴 하겠어?"라고 되묻는 사람도 있다. 그럴 때마다 나는 이렇게 이야기한다. 당장 드라마틱한 변화는 없을지라도 삶을 이해하는 것과 모르는 것, 느끼는 것과 아예 모르고 사는 것에는 큰 차이가 있다고 말이다. 말을 하면서 스스로를 정리하고, 타인의 생각을 듣고, 나의 일에서 내가 자유로워질 수 있는 시간이 쌓이다보면 얼마나 큰 효과를 가져올지 기대해도 좋다고 말이다.

오피스아워는 계속 진행하고 있다. 내가 누군가의 두부가 되고 싶기 때문이다. 그래서 테이블에 두부 요리라도 하나 만들어볼까 궁리도 해본다. 열려 있는 대화의 문으로 모두가 용기 있게 들어서길 바란다.

사람을 위한 가게를
꿈꾸다

가수라는 꿈을 포기했고 세계 여행도 무산됐지만 이 꿈들을 추진해보는 동안 목표가 하나 더 생겼다. 바로 사람을 위한 가게를 만들자는 것. 그래서 서빙, 주방, 카운터, 관리자 등 음식점 곳곳의 일을 차근차근히 배우기 시작했다. 족발집에서 일하는 매일매일 나중에 내 가게를 차릴 날을 꿈꿨다. 그리고 동료들에게 최적화된 시스템을 제공하고 싶었다. 또 고충에 대해서 같이 공감하고 조언도 할 수 있는 그들의 선배이자 실력자가 되고 싶었다.

죽을 각오로 열심히 일을 하거나 실패를 각오하면서 도전하는 것은 워낙 잘하는 것들이지만, 가게 일이라면 무엇이든 제대로 할 줄 알아야 좋은 리더가 될 수 있다는 생각을 하게 됐다.

그리고 마음먹은 지 2년 만에 운이 좋게도 스타 서빙이라는 타이틀과 함께 조그마한 족발집을 운영하게 됐다.

가게를 열고 현실에 부딪쳐보니 내가 생각했던 이상적인 일들이 모두 조화롭게 실현될 수는 없었다. 처음 겪어보는 일들을 경험 삼아 우왕좌왕하다가 잠깐 마음이 답답해졌다. '불편한 것들, 좀 더 나은 상태로 만들고 싶은 것들을 내 힘으로는 할 수 없는 걸까?'라는 열의가 한풀 꺾이는 순간이었다. 그리고 잠시 바람을 쐬러 걷기 시작했다.

봄의 한가운데, 볕은 뜨거운데 아직 차가운 바람이 불고 있었다. 이 날씨가 어딘가 나와 비슷하다는 느낌이 들었다. 마음은 뜨거운데 아직 현실의 냉혹함까지는 어쩌지 못하는 나를 본 것만 같았다.

'시간이 좀 지나야 날씨에 맞게 바람도 더워지겠지?'

그런 생각이 들자 우왕좌왕하는 마음을 다스릴 수 있는 여유가 조금씩 생겨나기 시작했다. 앞으로도 계속 생각했던 것들을 다 이루지는 못할 것이나. 어떤 일은 포기해야 할 것이고 어떤 일은 절충해야 할 것이다. 그리고 또 어떤 것은 어떻게든 이루기 위해서 고군분투할 것이다. 그러니까 가게를 운영하는 내게는 시스템을 부지런히 보수하고 개선해야 할 의무가 있다.

이번에 내가 가게를 운영하면서 생각하고 행동한 것들은 이렇다. 우선 사람을 위한 가게를 만들기 위해서는 근본적으로 가게의 수입이 좋아야 한다. 그래야 높은 급여를 주고 좋은 복지를 마련할 수 있기 때문이다.

음식점에 손님이 많으려면 기본이 잘되어 있어야 한다. 그 기본은 바로 맛이다. 지인을 불러 장사를 하는 데에는 한계가 있다. 그래서 요식업은 다단계와 같아야 한다. 손님이 새로운 사람을 데리고 오고, 또 그 사람은 또 자신의 친구와 가족을 데리고 올 수 있는 가게가 되어야 한다. 그러기 위해서는 돈이 아깝지 않을 만큼의 맛이 모든 음식에 깃들어 있어야 한다.

그래서 나는 가게를 차릴 때 음식의 맛을 가장 우선순위에 두고 고민했다. 투자도 아끼지 않았다. 나의 멘토인 갯벌의 진주 이상현 대표님은 많이 버려야 성공한다고 말한 적이 있다. 조갯집을 하고 있기 때문에 조금이라도 조개에 하자가 있다면 지체하지 않고 버렸다고 한다. 그렇게 최상의 조개만 주다보니, 강남에 한복판에 있다 하더라도 굳이 바닷가를 가지 않고 신선한 조개를 먹을 수 있다는 사실이 소문이 나서 대박집이 된 것이다. 그래서 나도 재료를 아끼거나 하나의 음식을 판매할 때 많은 이익을 남기려고 하지 않았다.

우리 족발집은 단국대학교 근처에 있다. 자연스레 대학생들이 많이 온다. 옆 가게만 하더라도 1만 원에 안주가 세 가지나 나오는지라, 대학생들에게는 3만 원이나 하는 족발이 부담스럽기도 할 것이다. 하지만 나는 가격을 낮추지 않았다. 2천 원을 줄이느니 차라리 2천 원어치 이상의 음식을 더 만들어서 주는 게 낫다고 생각했다.

그동안 식당에서 일을 하며 얻은 깨달음 중 하나는 음식점에서 손님들이 지불하고 얻고자 하는 가치에 대한 것이다. 손님은 돈이 아깝지 않은 음식을 먹고 싶어 한다. 여기에는 서빙도 인테리어도 모두 포함되어 있다. 대학생들도 마찬가지일 것이라고 생각했다. 그래서 여전히 가격에는 변동이 없다.

가게를 운영하면서 마케팅 요소로 '스타 서빙 이효찬'이라고 나를 내세우지는 않았다. 족발로 향하는 집중도를 떨어뜨릴 수 있다고 판단했기 때문이다. 그래서 손님들 대부분은 스타 서빙에 대해서 모를 것이다. 다만 우리 가게를 좋아하는 손님들은 "여기 있는 사람들은 신나게 일해서 좋아요!"라고 말한다.

우리 가게의 재밌는 요소 중 하나는 서빙의 시간대다. 어떤 가게는 그 공간에서의 분위기와 흐름이 존재한다. 서빙하는 사람에게는 분위기를 긍정적으로 만드는 재주가 있어야 한다. 그

스타 서빙 이효찬, 세상을 서빙하다

리고 그 흐름에 손님들이 편히 동승할 수 있게끔 만들어야 한다. 특히 손님들이 많아질수록 유쾌하고도 명확하게 조율해야 하는 것이 중요하다.

그래서 우리는 시간대를 나누어 서빙하는 분위기도 바꾼다. 저녁 여섯 시부터 아홉 시까지는 신나는 분위기를 만든다. 빠른 음악을 틀고, 서빙하는 사람들의 목소리도 크고 짧고 경쾌하다. 아홉 시부터는 보사노바 같이 적당히 잔잔하면서도 리듬감이 있는 음악을 틀어놓는다. 차분히 이야기를 할 수 있는 분위기를 조성해서 손님들이 오늘보다 내일을 좀 더 밝게 살 수 있기를 바라기 때문이다. 물론 개성이 강한 손님들이 오거나 단체가 오는 경우에는 그쪽에 가게의 중력이 쏠리기 때문에 그 흐름에 맞춰서 서빙을 해야만 한다. 거스르면 오히려 역효과가 나니까.

내가 만들고자 하는 '사람을 위한 가게'에서 나는 월급만 주는 꼰대 사장님이 되고 싶지는 않다. 직원들이 즐겁게 일하고, 손님들이 또 가고 싶어 하는 곳이 되도록 좋은 환경을 조성할 수 있는 사람이 되고 싶다.

내 역할이 환경을 조성하는 것이라면 나와 함께 일하는 동료들의 역할은 생태계를 구체적으로 만드는 것이다. 그래서 우리는 가게의 원칙을 함께 만든다. 서로가 함께 존중할 것과 즐겁게 생활하기가 커다란 줄기다. 그 원칙들 중 두 가지를 소개한다.

첫 번째, 우리는 손님들과 겸상을 한다. 다른 곳에서는 손님들이랑 같이 식사를 해서는 안 된다고 하지만 나는 다르게 생각한다. 오히려 김치찌개를 만들면 옆 테이블 손님이랑 같이 나눠 먹으면 된다. 먹고 마시는 것도 자유다. 맥주를 마시고 싶으면 마시고, 족발이나 음식이 먹고 싶으면 먹으면 된다. 이유는 간단하다. 내가 다른 곳에서 일할 때 그렇게 하고 싶었기 때문이다. 그리고 퇴근 시간은 칼 같아야 한다. 30분도 더 늦게 가서는 안 된다. 다른 사람들이 퇴근할 때 불편하기 때문이다.

두 번째, 점심 장사 메뉴 선정과 판매는 동료들에게 맡긴다. 지금 운영하는 족발집은 점심시간부터 영업 준비를 한다. 점심 장사를 해보자고 제안한 사람은 나였다. 메뉴 선정부터 판매까지는 모두 동료들이 일임하고 거기서 나는 수익금은 모두 그들의 몫이라고 했다.

요식업에는 단순하게 반복하는 일들이 많다. 때문에 자신의 상상력을 실제로 발휘하는 기회가 생기면 가게에도 더 큰 활력을 만들 거라 생각했다. 그런데 동료들이 안 하고 있다. 오히려 그 시간에 자기 계발을 하는 게 더 좋은지 네 시간 동안 다들 자기 계발 시간을 갖는다.

언젠가 고객에게 꽃을 선물받은 적이 있다. 그 꽃이 빨리 시들어 버릴까봐 손재주가 좋은 동료 명열 씨에게 오아시스에다가 꽃을 꽂아 달라고 부탁했다. 해본 적 없다며 손사래를 치던 명열 씨는 조금 주춤하더니 제법 꽃을 잘 꽂아주었다. 요즘은 2주에 한 번씩 양재동 꽃시장에 가서 꽃을 사다가 가게를 꾸미고 있다. 뿐만 아니라 플로리스트 교육도 받고 있다.

이렇게 동료들이 하고 싶은 것들을 지원하고 또 개개인의 의사를 존중하다보니 자신의 의사를 표현하는 것도 당연하고 자연스러워지게 되었다. 솔직해지면 솔직해질수록 우리는 상대방을 알게 되고 그만큼 이해하거나 배려할 수 있게 된다. 현재의 우리 가게가 그렇다. 그리고 자연스럽게 손님들한테도 그 배려가 이어지고 있다. 고기도 먹어본 사람이 맛을 안다고 했다. 배려를 받은 사람들은 배려가 뭔지 알게 되기 때문에 할 수 있게 된다.

가게를 연 지 1년이 되지 않았는데 프렌차이즈 문의가 들어왔다. 누구는 프렌차이즈 사업이 요식업의 알짜배기이자 꽃이라고도 했다. 하지만 나는 망설임도 없이 거절했다. 프렌차이즈 하는 사람들은 수익이 우선이지 사람이 우선이 아니기 때문이다. 만약 하게 되면 본질이 왜곡되는 거라 생각했다. 그리고 무보수도 좋으니 같이 일하고 싶다는 청춘들의 지원이 늘었다. 다른 가게에서는 특히 젊은 친구들이 지원하지 않는다고 아우성인 것을 보면 감사한 일이다. 하지만 이것도 거절했다. 한 사람의 순수한 열정을 수단으로 이용할 수는 없기 때문이다. 이것도 사람을 위한 가게를 만들겠다는 목표와는 거리가 있다.

사람을 위한다는 것이 무엇인지 더 다양하게 생각해볼 수 있는 계기들이 생겨나고 있다. 처음에는 먹는 사람만을 생각했는데, 조금 더 시간이 지나고 나니 동료들을 더 챙기고 싶어졌다. 그러려면 내가 보다 나은 사람이 되어야 한다는 것을 알 수 있었다.

스타 서빙을 열정적으로 지속시키기 위해 내가 겪은 일들을 늘 가슴에 새기고 있듯, 지금은 사람을 위한 가게를 만들기 위해 새로운 날들을 만들어가고 있다. 청년 사업, 불경기 속 자영업이라는 불안함에도 불구하고 나는 두렵지 않다. 깨달음을 통해 가슴에 새긴 문장과 나만의 사람들이 함께하고 있기 때문이다. 사람을 위한 가게! 나를 위한 가게! 꾸준히 만들어보겠다.

사장이 되고
첫 이별

스타족발을 시작하면서 오랫동안 동고동락했던 친구 둘이 자신만의 길을 찾고자 떠나게 됐다. 그 친구들은 시청 족발집에서 서빙을 할 때부터 나와 함께했다. 울산에서 세차장을 같이 했고, 논현동 조개집에서도 동료로 지냈다. 소중한 친구들이다. 그래서 처음에는 우리의 도전이 아닌 스스로의 도전을 위해 떠나겠다는 말에 마음이 덜컥 내려앉았다. 사람을 위한 가게를 만들겠다고 생각하고 함께 해왔는데, 그런 꿈을 가진 나의 가게에서 사람들이 나가다니! 그날 밤 나는 한숨도 못 잤다. 시련당한 사람처럼 '지금까지 내가 잘하고 있었나?'라고 수없이 반문했고 반성했다. 강연을 다니면서 더 바쁘게 일했고 억지로 마음을 다 잡았다. 그러면서 그들을 붙잡으려고 하지 않았고, 서운하게 생각하지도 않기로 했다. 어떤 일터든 사람이 오고 가는 건 당연한 순리다. 단지 나는 그것을 1년 6개월만에 겪은 것뿐이었다. 언젠가는 겪을 일이었다.

사람을 위한 일터를 만들고 싶다. 조금 다른 목적과 목표를 가졌더라도, 함께 즐겁게 일할 수 있는 곳. 일을 할 수 있어서 기쁘고 삶이 든든해지는 곳. 나를 발견할 수 있는 곳. 그 길에서 각자 자신만의 길을 발견해낼 수 있도록 만드는 곳 말이다. 그래서 나는 스타족발이 성장해서 나와 같은 청년 장사꾼들에게 하나의 학교가 되기를 바라고 있다.

내가 만들어가려는 가게는 바로 이런 것이다. 스스로의 태도를 함께 갈무리하고 자신의 시선으로 세상을 관찰하도록 성장시키는 곳. 오늘을 열심히 살며 앞으로 나아갈 수 있게 서로 힘을 주는 곳. 이런 방향이 좀 추상적이긴 하지만 학교의 의미를 가지고 있다고 생각한다. 단순히 기술을 알려주는 직업 학교보다는, 매서운 사회에 나가기 직전에 거치는 인생 학교쯤이 되기를 기도한다. 그런 의미를 만들어가고 싶은 나라면, 그들을 웃으면서 보내야 할 의무가 있다고 생각했다. 그런 마음이 서자,

최대한 부담을 주지 않게 즐겁게 보내줄 수 있는 방법이 무엇인지를 고민하게 됐다. 거기까지가 이 가게가 해야 할 일이라고 생각했기 때문이다.

친구들을 위한 송별회를 하던 날, 나는 미리 써놓은 편지를 읽다가 눈물을 왈칵 쏟았다. 멈출 수 없을 정도로 계속 울었다. 처음이었다. 가족이 아닌 사람들 앞에서 그렇게 울어본 적이 없었다. 가정환경 덕분에 나는 사람들 앞에서 약한 모습을 보이지 않는 게 익숙한 데다 늘 긍정적으로 더 활기찬 사람이고 싶어서 노력했다. 하지만 정든 사람이 떠날 때 느끼는 슬픔을 당해낼 수는 없었다.

스타족발 창업을 준비하는 동안에 여러 사람들에게서 좋은 충고를 들었다. 그 여러 말 중에는 "장사는 이윤을 추구하는 것이 아니라 사람을 남기는 것."이라는 말이 있었다. 친구들을 떠나보내면서, 다시 그 말을 떠올렸다. 내가 한 가게를 책임지고 함께 일하는 사람들과 성장해나가면서 서로가 서로에게 좋은 경험이 된다면, 누구와도 이별하지 않고 경제적으로도 만족스럽게 살 수 있다면 그것이 정말 큰 선물이 될 것이라고 생각했다.

내가 지금 여러 경험을 하는 것처럼, 언젠가는 나도 누군가의 좋은 경험이고 싶다. 내가 좋아하는 「세상을 바꾸는 시간 15분」의 송인혁 큐레이터는 내게 이런 말을 해줬다.

"어떤 공간이든 선순환이 필요해. 사람이 나가야 또 우리가 모르는 좋은 사람이 네 공간에 들어올 수 있는 거겠지."

교육 기업 폴앤마크에서 활동하고 있는 전종목 씨도 이렇게 이야기해주었다.

"어른이 되면서 사랑하는 아내를 얻고 소중한 자녀를 맞이할 때 삶이 풍요로워지는 것처럼, 우리는 일터에서도 공백을 함께 메꾸고 같이 발전할 수 있어야 해. 그 일에 적당한 사람을 찾는 것이 모든 사장들이 고민해야 하는 수많은 일 중 하나야. 삶의 순리이기도 하고."

사장이 된 지 얼마 안 됐지만 그 이치를 온전히 이해해보기로 했다. 사람을 위한 가게를 세우겠다는 마음을 품으며 오랫동안 함께한 동료를 떠나보낸 이 경험을, 이 서운함을, 반성을 잘 갈무리해둔 만큼 또 하나의 성장판이 열리길 바란다.

친구들과 헤어지고 새 아침을 맞으면서 '떠난 동료'라고 부르지 않기로 했다. '새출발하는 친구들'이 그들을 잘 표현하는 말이라는 생각이 들었다. 우리에게는 새로운 환경에서 새로운 사람을 만나거나 다른 환경에 있던 새로운 사람을 맞이하는 일이 남았다. 이 과정들을 통해서 우리 모두가 자정의 시간을 갖는 것이라고 믿는다.

경험한 곳과 경험할 곳을 비교하고, 옛 사람과 현재를 함께

하는 사람을 헤아리면서, 우리는 그때의 나와 지금의 나, 앞으로의 나를 알게 될 것이다. 발견할 것이다. 그래서 모두를 응원하기로 했다. 용감하게 깨닫고 발견하기를.

사랑니라고 해서
다 아픈 것은 아니다

언젠가부터 시청 부근의 족발집에 손님이 끊이지 않게 됐다. 그리하여 분점을 하나 계획하게 됐다. 그런데 한 가지 문제가 있었다. 바로 누구를 분점으로 보내느냐는 것. 분점보다는 본점이 중요한 것이 사실인지라, 핵심 인원 모두가 갈 수는 없는 노릇이었다.

하지만 이번에 분점이 잘 되어야 다른 분점도 생기지 않겠는가? 그리하여 족발집의 운영진들은 어떠한 인물을 보내는 게 가장 적합한지를 두고 심게 고심하였는데, 평소에 덕망이 있고 선견지명이 있다는 유원대 이사가 결단하듯 말하였다.

"본인의 생각으로는 윤석훈이라는 아이가 가장 적합하지 않을까 싶소. 하여 그 아이를 분점에 파견하겠소."

이 말을 들은 문성진 팀장은 깜짝 놀라 그것이 진담인지 다시 되묻고는, 이진구라는 아이를 조심스럽게 추천했다. 유원대 이사는 고개를 절레절레 하며 윤석훈을 분점에 끝내 파견하였다.

문성진 팀장으로서는 도통 이해가 가지 않았다. 왜냐하면 윤석훈이라는 젊은이는 일하는 동료들에게서 순한 바보로 불렸기 때문이다. 그것도 힘만 센 바보. 대부분의 동료들이 족발 아홉 개가 담긴 쟁반을 두 손으로 끙끙 들고 가는데 그는 한 손으로 가뿐히 들었으며 맥주 박스도 세 박스씩 짊어지고 갈 만큼 힘이 대단했다. 하지만 그것뿐이었다. 워낙에 과묵하고 말이 없는 성격이라, 어떤 것을 시켜도 아무런 말도 없이 묵묵히 했기에 영 재미가 없었다. 그러니 동료들은 그를 두고 힘만 센 바보라고 불렀다.

그와는 대조적인 아이가 있었으니, 그가 바로 이진구였다. 입담이 워낙에 좋아서 일은 잘 하지 않아도 사람들에게 인기가 많아 많은 귀여움을 받았다. 문성진 팀장은 사람들에게 예쁨을 받는 이진구라는 아이가 더 손님들의 환심이 적극적으로 필요한 분점에 적격이라 생각했다.

문성진 팀장은 자기 말을 받아들이지 않은 유원대 이사의 결정에 심술이 났다. 그리고 어디 분점이 얼마나 잘되나 두고 보자며 이를 갈았다.

시간이 흐르자 그 분점은 무척이나 장사가 잘 되어 성업을 이루는 게 아닌가. 문성진 팀장은 깜짝 놀라 그 분점에 직접 방문하였다. 그리고 더 놀라지 않을 수 없었다. 본점에도 없는 꽃들이 분점에는 만개하듯이 잘 관리가 되어 있어, 족발집이 한 눈에 보기에 너무 예쁜 것이었다. 또한 꽃 냄새가 워낙에 좋아 족발의 비린내도 잡아주니 사람들은 분점의 족발을 '꽃보다 족발'이라며 애칭까지 만들어주고야 말았다.

문성진 팀장이 가게 이쪽저쪽 구석구석을 쑤시고 다니며 본점보다 예쁜 분점을 시샘하였다. 그리고 결국 이 꽃을 누가 여기에 두었느냐고 지나가는 직원 로즈 철수에게 호통을 쳤다. 철수는 머뭇거리며 "윤석훈이가 다 꽂았나이다."라고 말하였다. 윤석훈이 섬세한 남자였던 것을 다들 모르고 있었던 것이다.

너무나 신통방통한 일이라 문성진 팀장은 유원대 이사에게 찾아가 어떻게 이런 모습을 알고 있었는지, 그 사람 보는 안목 좀 알려달라며 보채었다. 유원대 이사는 웃으며 자신의 지아를 보라며 입을 벌렸다. 문성진 팀장은 그의 모습이 무척 당황스러

스타 서빙 이효찬, 세상을 서빙하다

워 고개를 돌렸다. 유원대 이사가 이렇게 말하였다.

"자 그러지 말고 보시오. 내 오른쪽 어금니가 어떤 것 같소?"

문성진 팀장이 그의 입안을 겨우 들여다보고는 대답했다.

"깨끗하옵니다."

그리고 둘의 대화가 이어졌다.

"허허. 그게 아니라 이 어금니가 사랑니로 보이지 않소?"

"그 아픈 사랑니를 여태 안 빼고 계시다니 아프지도 않소?"

"사실 사랑니가 처음 났을 때 남들이 하도 아프다고 하니, 나도 덩달아 겁부터 집어 먹었다오. 그런데 시간이 지나도 아프지 않은 거요. 그래서 치과에 방문하여 물었소이다. 의사가 말하길 수평지치라 하지 않겠소."

"수평지치요? 그게 무엇이옵니까?"

"사랑니가 나는 사람 약 7퍼센트에게만 난다는 사랑니의 종류라오. 통증이 전혀 없는 행복한 사랑니라 하오. 그때 나는 사랑니와 세상사가 무척 같다는 생각이 들었소. 저 사람이 어떤 사람인지, 저 환경이 어떤 곳인지, 내 삶이 누구의 것인지를 생각하는 것은 다른 사람들의 이야기에 기대어 답을 구할 게 아니라 스스로의 가치관에 의해서 판단하고 생각해야만 하오. 그래서 사람들이 윤석훈이란 아이를 순한 바보라고 불러도 나는 색

안경을 쓰고 보지 않으려고 했소. 그러다보면 놓치는 것이 생기기 때문이오. 어쨌든 나는 그 아이를 온전히 바라보게 되었는데 그때 놀라운 점을 발견했소. 그 아이는 힘이 세지 않소이다. 다만 생각이 많은 아이일 뿐이라오. 아홉 개의 족발이 담긴 쟁반을 한 손으로 드는 것도 힘이 아니라 균형과 요령이었으며, 맥주를 세 박스씩 들고 가는 것도 힘이 아니라 허리와 균형을 맞추어서 걷는 아주 이상적인 동작을 했었던 거요. 그러니 이러한 사소한 것조차도 요령을 피우지 않고 더 좋은 동작을 생각하고 실천하는 것을 보니 분점을 맡겨도 충분히 안심할 수 있다는 생각을 했소. 그러니 문성진 팀장도 더 높은 요직에 올라가고 싶다면 사람들의 말에 휘둘리지 말고 자기의 눈으로 보고 느끼길 바라오.

문성진 팀장은 이 말에 감복하여 더 이상 유언비어에 흔들리지 않고 자기만의 줏대와 생각으로 세상을 바라보게 되었다. 후에는 매의 눈 문성진이라고 불리게 되었다.

신기하게
다 보이는 것이 있나니

이차용은 만족오향족발에서 설거지를 하는 일원인데, 그는 늘 10분 일찍 나와서 퐁퐁에 거품을 낼 만큼 성실하고 책임감 있는 사람이다. 하지만 그에게는 단 한 가지 불만이 있었다. 바로 자신의 사장이 일을 내다보러 오지 않고 사무실에만 있다는 것. 그래서 같이 일하는 려평보다 더 열심히 하는 데도 불구하고 월급이 똑같은 이유는 사장이 자신을 보지 못했기 때문이라고 생각했다.

또한 려평은 사장이 잠깐 보일 때면 열심히 하는 척하고 그 외에는 요령만 피워댔다. 하지만 차용과 같은 월급을 받고 있기 때문에 자신이 더 현명하다고 생각했고, 이렇게 월급이 같을 수 있는 이유는 사장이 일터에 잘 나오지 않기 때문이라며 차용처럼 똑같이 생각했다. 그런데 어느 순간부터 차용과 려평의 월급이 달라지기 시작했다.

려평은 월급봉투를 들고 씩씩대며 유원대 이사를 찾아가 말하였다.

"나 또한 차용과 함께 똑같이 설거지를 하는데 어찌 이리 불공평하게 돈을 쳐줄 수 있습니까? 나도 똑같이 주오."

유원대 이사가 말하기를, "당신이 하는 설거지와 차용이 하는 설거지가 다를 진데 어떻게 평등하길 바라오?"라고 묻자, 이에 려평이 반문하였다.

"어찌 제가 차용과 다르게 설거지를 한단 말이오. 보기라도 했소? 억울하오!"

유원대 이사가 다시 그를 보며 말하였다.

"사장이나 다른 사람들이 아무것도 안 보는 것처럼 보여도 실은 눈에 보이기 마련이오. 더 이상 때 쓰지 말고 자신의 행동에 대해 부끄러움을 느끼길 바라오."

그때 려평은 아자 하며 천상을 바라보았다. 자신의 머리 위에는 CCTV가 떡하니 놓여 있었다. 그래서 려평은 얼굴이 새빨갛게 된 채 어찌할 바를 모르고 허둥대는데. 유원대 이사가 그것을 보고 웃으며 말하였다.

"CCTV로 당신을 감시해서 안 게 아니오. 오녀의 입장에서는 신기하게도 다 그게 눈에 보이는 법이오. 한 가지 예를 들어주겠소. 내가 청년 시절에 레스토랑에 면접을 보았을 때요. 그때 나는 90킬로그램이나 나갈 만큼 뚱뚱했소. 그래서 살을 빼는 조건으로 입사를 하게 되었다오. 나는 레스토랑에서 주는 밥 대신 고구마를 먹겠다고 공표를 했소. 그런데 실제로 해보니 너무 힘든게 아니겠소. 그래서 손님이 깨끗하게 남긴 음식을 사장님 몰래 먹고 직원들이랑 같이 식사할 때는 묵묵히 고구마를 먹었소. 그런데 어느 순간부터 손님이 음식을 남길 때마다 사장이 자리를 잠깐씩 비우는 게 아니겠소."

려평이 휘둥그레 유원대 이사를 쳐다보았더니, 이사가 씁쓸하게 웃으며 더 말하였다.

"맞소. 내 딴에는 사장 몰래 손님들이 남긴 음식을 먹었지만 실은 사장이 알고 있었던 게요. 오히려 먹으라며 자리까지 비켜주는 배려 아닌 배려에 나는 그때 너무 수치스러워 살을 결국 빼고 말았지. 이렇듯 남을 속이거나 감출 수 있다고 생각해서 행동을 하다보면 언젠가는 들키는 법이오. 대중은, 그리고 오녀는 그렇게 만만치 않소. 앞으로는 남이 보지 않아도 최선을 다하는 려평이 되시오."

그 이후부터 려평과 차용은 식기세척기보다 빠르게 설거지를 한다 하여 세척기 형제로 불리우게 되었고 스타 설거지 콤비가 됐다고 한다.

스타 서빙 이효찬, 세상을 서빙하다

STEP 4

좋습니다!
여름엔 덥고
겨울엔 추워야죠!

역발상 흥테크

자기 일에서 성공한 사람들의 머릿속에는 '관찰의 톱니바퀴'가 돌고 있다. 사진작가인 친구에게 향초를 선물한 적이 있다. 그 친구가 선물을 받아 포장 박스를 조심스럽게 뜯더니, 그 포장지를 고이 보관하려고 했다. 이유를 물어보니 친구가 이렇게 대답했다.

"손님에게 드릴 사진 액자를 여기다 담아보면 더 좋을 것 같아서."

그때 나는 이 친구가 사진작가로서 승승장구하는 이유가 바로 이러한 태도 때문이라고 느꼈다. 나 또한 TV에서 본 수산시장 경매사와 레크레이션 진행자의 직업적인 특징을 서빙에 적용한 적이 있었다. 손님이 입장할 때는 낙찰받는 듯한 진행과 발성법을 사용했고, 여러 가지 게임을 하면서 레크레이션 진행자가 되어보기도 했다.

처음엔 하나의 특징을 모방하는 수준이었고 큰 욕심이 없었다. 단지 '낯설면서도 재밌는 것'을 내 일터에서 시도해보고 싶은 마음뿐이었다. 그런데 이 작은 시도가 생각지도 못한 결과를 가져왔다. 손님들의 반응이 좋아지고, 호응을 얻고, 가게 분위기까지 덩달아 밝아지게 된 것이다.

내가 일하던 곳은 여름이나 겨울이 되면 한두 시간씩 줄을 서서 기다려야 하는 맛집이었다. 때문에 그만큼 손님들 입장에서는 짜증 지수가 오를 수밖에 없었고, 서빙을 할 때 그런 분들의 마음을 열기가 무척 어려웠다. 그런데 번호표를 나눠주는 곳에서부터 마음을 열게 하니 그 이후에 서빙을 하기에도 한결 쉬웠다. 또 기다리다 지쳐서 발걸음을 돌리는 손님들의 숫자도 현저히 줄어들게 됐다.

모방 수준을 겨우 면했던 말투들도 점점 나만의 스타일로 발전하게 되면서, 내게도 여러 가지 재밌는 일들이 생겨났다. 수산시장에서 일한 경험이 있냐고 묻는 손님도 생기게 됐고 레크레이션 회사에서도 스카웃 제의가 들어왔으니 말이다.

모든 순간들은 무심해지기 시작하면 한없이 사소하고 평범해진다. 그래서 내가 겪는 모든 것들이 나에게 자양분이 된다는 생각을 갖고 주의 깊게 관찰하는 것이 중요하다. 특히 나처럼 좀 더 완성시켜야 할 것들이 많은 사람들은 더더욱 그렇다. 전혀 무관한 분야 같은 건 없다. 어떻게 보느냐의 문제이고, 한 가지가 눈에 들어왔을 때 지금 하는 일에 알맞게 연결지어보면 개성이 점점 도드라지고 차별화를 갖게 된다.

무엇보다도 이렇게 일하다보면 남들이 알려주는 보람과 의무에서 더 자유로워진다. 이 말은, 나만의 진짜 의미와 가치가 생긴다는 뜻이다. 그렇게 되면 그 과정 자체가 즐거워진다. 반복된 일이라도 의미를 두고 있는 사람과 그렇지 않은 사람의 차이는 크다. 똑같은 산을 오르는 데에 등산객과 예비군이 있다면, 누가 더 즐겁고 가뿐해 보일까? 생활도 다르지 않다.

나비를 번데기 안에서
꺼내줄까, 말까?

어느 아침에 IT 회사를 운영하는 지인으로부터 메일을 한 통 받았다.

어떤 문제가 생겼을 때 누군가 해결해주길 바라는 사람은 꾸준히 급여를 받으며 일할 가능성이 커. 그리고 문제를 스스로 해결하려는 사람은 언젠가 급여를 주는 사람이 되는 것 같아. 어떤 태도가 더 낫다고 획일화해서 말할 수는 없어. 결정하는 사람이 있으면 그 결정이 잘 이뤄지게 따르는 사람도 있어야 하니까.

하지만 '나의 일' 앞에서 책임지기를 두려워하는 사람에 대한 고민은, 네가 사업가가 된 이상 꼭 해봐야 하는 생각인 것 같아. 조급해하지 말고 서빙할 때처럼 지금 하는 일들이 미래를 위한 연습이라고 생각하면 좋겠다. 꿈을 하나씩 이뤄가고 있는 만큼 늘 긴장감을 유지하는 것 잊지 말고. 네가 사업가로서 부족한 부분을 채우는 기간이 아마 지금일 거야. 여러 경험을 통해 단단해지는 또 하나의 계기가 될 것이라고 생각하고 극복하길 바란다. 아침에 문득 생각이 나서 메일을 보낸다. 사랑한다. 그리고 응원한다.

스타족발을 열고 얼마 지나지 않았을 때 받은 메일이었다. 내손으로 여는 첫 족발집이기 때문에 서빙만 하던 것과는 일의 강도와 생각해야 하는 깊이가 달랐다. 이런저런 힘듦에 대해서 구체적으로 이야기하지는 않았지만, 어떻게 해야 내 머릿속에 그려왔던 것들이 그대로 실현이 될지에 대해 마음을 많이 쓰던 중이었기 때문에 나와 가까운 사람이라면 내 근심을 충분히 읽을수 있었던 것 같다. 그리고 신기하게도 전혀 다른 형태의 일을하는 형으로부터 고마운 이야기를 전해받으면서 나의 일하는태도에 대해 다시 생각하게 됐다.

일이 잘되도록 만들어가는 태도에는 공통적인 특성이 있다. 확신, 인내심, 호감, 긍정, 탄력적인 마음이다. 이 특성들은 비즈

니스에서만이 아니라 우리가 살아가는 생활에서도 꼭 필요하다. 나는 '이 급한 일을 당장 어떻게 해결하지?'라는 관문을 지나면서 '앞으로 어떻게 살아가지?'에 대한 고민을 하게 됐다. 주변에서는 삶에서 좀 더 큰 그림을 그려보게 되는 시기를 맞이한 것이라고 조언해줬고, 용기를 잃지 말라는 말을 많이 해줬다.

그때 누군가가 대신 이 난관을 해결해주거나 기발한 해결책을 알려주면 좋겠다고 생각해보기도 했다. 하지만 누구도 나의 일을 대신해줄 수 없다는 세상의 진리를 어렸을 때 깨달았기 때문에, 그런 마음이 투정이라는 것도 동시에 잘 알고 있었다.

마음을 고쳐먹고 스스로 답을 찾아가는 동안 내 안에서 가장 큰 힘을 만들었던 건 그동안 내가 일을 대했던 태도와 많이 닮아 있었다. 한 사람이 살아가는 방식과 일을 대하는 방식은 크게 다르지 않기 때문이었던 것 같다. 특히 누군가에게 의존하지 않고 되도록 나만의 힘으로 해보려는 일들이 많았던 게 가장 큰 도움이 됐다.

어느 생물학자는 나비가 단단한 번데기를 비집고 나가는 순간을 도와주려다가 오히려 나비를 날지 못하게 만들었다고 한다. 번데기에서 나오려고 애쓰는 그 시간이 고통의 시간이지만 날아오르기 위해서는 꼭 필요한 단련의 시간이라는 설명을 읽은 기억이 난다.

나비보다 훨씬 더 오래 사는 우리에게는 수시로 고난이 온다. 삶이 통째로 고꾸라지는 듯한 경험을 할 때도 있고, 자잘한 일들이 끊이지 않아 나만의 리듬과 생각들이 와르르 무너져버리기도 한다. 물론 견딜만한 고통도 있다.

이런 과정은 인간이라면 무조건 겪어야 되는 어떠한 섭리라고 믿는다. 나비가 번데기에서 벗어나는 것처럼 말이다. 가만히 나비 이야기를 읽다가 나비의 삶과 우리 모두의 삶이 닮았다고 느꼈다. 우리도 날아오르기 위해선 경험이 필요하기 때문이다. 그리고 이왕이면 그 경험들을 긍정적인 태도에서, 또 교만하지 않고 겸손한 태도에서 배웠으면 한다.

나의 일을 하나씩 수행하는 일도, 나를 바꾸는 일도 같은 맥락이라고 생각한다. '다른 사람이 해주면 안 될까?' '늦었는데 괜찮을까?'라는 도망치고 싶은 마음보다는 '내게 주어진 일이니까 나 아니면 할 수 있는 사람도 없는 거다! 고로 나는 할 수 있다!' '늦었는지 아닌진 해봐야 안다!'라는 마음으로 모든 사람들이 하루를 살아가면 좋겠다.

어떤 문제를 피하면 당장은 편할 것이다. 골치 아픈 일에 휘말리지 않아도 되니까 더 재미있는 일을 찾아서 해도 될 것이다. 그런데 시간이 지나고 나면 하지 않은 일들이 늘 마음에 남아 괴로워지고 만다. 왜 그때 당차게 해결하지 못했을까, 하며 후회할 큰일이 생겨버리기도 한다. 그리고 때로는 아주 오랜 시간 뒤에 패배자의 기분을 느끼고 우울해질 수도 있다.

그때 도망쳤던 일, 그때 하지 못해서 내심 혼자서는 후회하는 일들에서 자유로울 수 있는 사람은 그리 많지 않다. 그때 도망치지 않았더라면, 그때 남의 손에 맡기지 말고 내 힘으로 해봤더라면 우리는 한층 성장한 사람이 되어 있을 것임을 모두가 알기 때문이다.

두려움 없이는 용기도 낼 수 없다. 모든 삶의 순간의 주인공은 '나'다. 우리 삶의 소중한 주인공들이 반짝반짝 빛이 나도록, 나비가 어렵게 번데기를 뚫고 나와 예쁜 날갯짓을 할 수 있도록, 많은 사람들이 모든 순간을 지혜롭게 잘 살아나갈 수 있도록, 오늘도 어떤 어려움 앞에서든 긍정하기를 잊지 말자.

꿈은 성취하는 것이 아니라,

내가 그리는 삶의 모습을 매 순간 실행해나가는 것이다.

그리고 삶은 성공하기 위해 우리에게 주어진 것이 아니라

최선을 다해 성장하며

나의 시간을 즐겁게 살아가는 것이다.

모범 답안의
배신

1년의 소중함을 알고 싶으면 1년 동안 준비한 시험에 낙방한 사람

에게 물어보고

한 달의 소중함은 한 달 부족한 미숙아를 낳은 산모에게

일주일의 소중함은 주간지 편집장에게

하루의 소중함은 하루 벌어 하루 먹고사는 가장에게

1분의 소중함은 간발의 차로 비행기를 놓친 사람에게

1초의 소중함은 올림픽에서 은메달을 딴 사람에게 물어보면 된다.

스타 서빙 이효찬, 세상을 서빙하다

헬스클럽 화장실에서 이런 글귀를 읽었다. 그리고 그 글을 처음 썼을 사람에게 이렇게 묻고 싶었다. 그 모든 소중함은 자기 자신의 물음에서 시작해야 되지 않겠느냐고.

우린 솔직하게 자신에게 물어야 한다. 내 인생의 소중함을 다른 사람의 말에서 찾으려고 하지는 않았는지를. 살면서 마음이 힘든 순간에 다른 사람들이 살아간 길을 보며 똑같이 살려고 하면 내 진짜 삶은 없어지고 만다. 아무리 똑같은 방법으로 요리를 해도 사람마다 맛에 차이가 나듯이 삶도 그렇다.

남들과 자신을 비교해서 스스로의 부족함을 찾는 사람들을 종종 마주한다. 인생의 허무함과 진통은 그런 태도에서 시작되는 게 아닐까? 흉내 내는 삶은 진짜 나를 똑바로 바라보지 못하게 만들거나, 자격지심의 나락으로 스스로를 밀어버린다.

스타 서빙이라는 나만의 꿈이 생긴 뒤 가장 큰 폭으로 성장했던 순간을 떠올려본 적이 있다. 조금씩 성장해가는 나 자신을 느낄 때 나는 가장 열심히 나답게 일했고 즐거웠다. 지금도 그렇다. 그럴 때마다 가장 좋은 결과가 있었다. 자기 기록을 갱신하는 운동선수가 된 마음으로 살다보면 어느새 경쟁과 비교에서 자유로워지고, 나를 더 잘 알게 된다. 나와 친해지면서 발전할 방향을 알아가는 것이다.

그 뒤로 내게 생긴 것은 직업에 대한 깊은 열정, 아이디어, 신넘이었다. 자격지심은 없어진 지 오래됐고, 더 이상 생기지도 않는다.

　나는 부모님 덕분에 사람들을 이해하는 폭이 더 넓을 수 있었다. 부모님이 좋은 말씀을 해주실 수 없다보니 사람들의 대화와 충고들이 나에게는 소중했다. 하지만 이런 과정 중에 남들보다 더 잘 되어야겠다는 욕심을 부려본 적은 없다. 삶은 비교하는 것이 아니라, 나 스스로 살아가는 것이기 때문이다. 행군하는 사람이 아니라 여행하는 사람의 마음으로 살아야 하기 때문이다.

　그렇기 때문에 나는 어떤 누구에게도 모범 답안이 될 수는 없다. 언젠가 서빙하는 방법에 대해서 알려달라고 찾아온 사람이 있었다. 그때 나는 열의에 차올라서 내가 아는 것들을 몸짓으로 설명했고, 글로 적어가며 알려주려고 했다. 한참 동안 설명에 집중하다가 상대방의 얼굴을 봤는데, 표정이 묘했다. 집중은 하고 있지만, 어딘가 난감해 하는 것 같았다. 그리고 문득 이런 걱정이 들었다

　'이 사람이 정말로, 이걸 모두 자기 사업에 적용시킬 수 있을까? 이 사람이 정말 내가 그동안 겪은 일들을 똑같이 겪을까?'

　남에게 배운 것보다 스스로 찾고 배우는 것이 더 좋은 자양분이 된다는 어른들의 말은 아마 이런 맥락일 것이다.

그러니 '내 안에는 무엇이 있을까?'라는 궁금증을 늘 품고 있어야 한다. 자기 것도 파악하지 못한 상태에서 누군가와 비교를 한다면 자격지심이 생길 수밖에 없다. 내가 없는 것을 갖고 있는 사람들을 볼 때마다 부러워하고 따라하다보면 어딘가 내 삶 같지 않고, 나와 잘 어울리는 것 같지도 않아 마음만 불편해질 뿐이다. 진짜로 누리고 싶은 게 행복과 열정이라면, 그런 행동을 멈춰야만 한다.

다른 사람의 삶은 에너지를 얻거나 참고를 하는 정도로만 여기면 좋겠다. 경험해보지 못했기 때문에 아직 깨닫지 못했기 때문에, 지금이 조금 힘들 뿐이다. 이것은 더 많이 생각하고 행동해봄으로써 극복할 수 있다. 무능해서 현실에 지는 것이 아니라, 이제 깨달음을 얻어 살아갈 때가 됐을 뿐이다. 내 안에 무엇이 있는지만 알고 있다면 상대방이 갖고 있지 않은 나의 장점에 대해서도 알고 있기 때문에 자격지심으로 흔들리지 않을 것이다.

그렇게 만들어진 자존감이 인생을 앞으로 나아가게 만드는 목적과 방향의 열쇠가 되어줄 것이다. 가정 형편도 좋지 않고, 학벌도 남들보다 1칸 부족하며, 재력 또한 넉넉지 못한 내가 스타 서빙으로 요식업계에서 내로라하는 기업에게 스카우트 제의를 받고, 사원들 중에서 가장 좋은 대우를 받으며 일할 수 있었던 건 그런 이유 때문이다.

자존심이 타인과의 경쟁 속에서 얻는 원동력이라면 자존감은 자신의 있는 그대로를 받아들이는 데서 오는 원동력이다. 그리고 이 원동력이 강해질수록 스스로의 행복은 더 커질 거라 믿는다. 나는 이 글을 보고 있는 당신이 행복했으면 좋겠다. 그리고 이 글을 쓰는 나도 계속 행복하길 바란다.

아침의 얼굴
마음의 뿌리

나에게 대학생의 패기를 꾸준히 전달해주는 23살 친구가 있다.
그녀도 나처럼 아르바이트 경험이 제법 많아서 우리는 어느 날
자리를 펴곤 그동안 해온 일들에 대해 이야기꽃을 피웠다.

그녀가 대학교 2학년 여름방학 때 일한 곳은 하동에 위치한
요양원이었다. 더 이상 약물치료가 불가능한 말기 암 환자들이
모여 있는 곳이라고 했다. 대부분 삶을 조용히 정리하기 위해서
또는 마지막 희망을 걸고 그곳으로 거처를 옮긴다고 한다. 그들
에게는 공통점이 있다고 했다. 하나같이 재산을 많이 가진 부유

한 사람들이라는 것. 그래서 음식부터 방 구석구석까지 전부 고급스러운 것들로 가득했다고 했다. 부유한 사람들의 삶을 살아보지 않은 사람이라고 할지라도 '아, 이런 것이 이들의 삶이구나. 저 사람들은 이 정도에는 아주 익숙하구나.'를 단번에 느낄 수 있을 만큼이라고 했다.

그녀는 일을 시작한 지 얼마 안 되었을 때는 그 고급스런 분위기에 주눅이 들었다고 했다. 돈을 벌기 위해 오는 사람과 돈을 쓰는 데에 거리낌이 없는 사람 사이에는 어색한 기운이 있었다고도 했다.

하지만 시간이 지나면서 그 위축된 마음이 조금씩 예쁘게 피어나게 된 계기가 있었다. 거기 계신 분들이 이런 곳에 젊은 친구가 왔다며 반가워해주고 그녀의 젊음과 건강함을 부러워했기 때문이다. 그녀는 그곳에서는 돈이나 명예보다는 건강과 생기가 있는 사람이 가장 귀한 것을 가진 사람으로 여겨진다고 했다. 인생에서 가치 있는 것이 무엇인지를 그곳에서 일하는 동안 배웠다고 그녀가 말했다.

건강이 삶에서 가장 중요하다는 말은 수백 번을 반복해도 부족하다. 하지만 이 이야기가 생의 끝자락에 있거나 건강하지 않은 사람들에게만 해당되는 이야기는 아니다. 내가 일했던 폭발집에는 함께 일하는 동료가 60명 정도였다. 그러다보니 자연스럽게 그들의 다양한 표정도 많이 봤다.

　그중에 가장 기억에 남는 얼굴들이 있다. 바로 아침의 얼굴이다. 나는 아침마다 동료들의 얼굴을 체크하면서 또는 눈치를 보면서 그들에게 맞는 배려와 행동을 하려고 노력했다. 밝은 분위기를 가진 사람에게는 크게 신경 쓰지 않았지만 예민해 보이는 사람과는 마찰이 나지 않도록 주의했고, 기운이 없어 보이는 사람에게는 부담이 덜한 일이 가도록 유도했다. 그렇게 어느 시간이 지나면 예민했던 사람도 기운이 없었던 사람도 표준치의 힘을 갖게 되어서 모두의 균형이 맞는 걸 느낄 수 있었다. 나는 그때가 가장 뿌듯했고 즐거웠다.

　이러한 행동 없이 내버려둬도 되지 않느냐고 묻는 사람이 있을 것이다. 나의 일만 잘하기도 바쁜데 괜한 오지랖은 아니냐고 이야기할 수도 있을 것이다. 나는 그런 물음을 가진 사람들에게 여럿이 일하는 사람들 사이의 조화가 얼마나 중요한지를 이야기하고 싶다. 한두 사람의 부정적인 분위기가 다른 동료들에게 쉽게 전염되기 때문이다. 그래서 아침의 얼굴은 무척이나 중요하다.

　아침의 얼굴은 건강한 사람일수록 밝다. 몸이 아픈 채로 출근을 하면 평소와 똑같은 상사의 말, 동료들의 행동에도 더 쉽게 상처받고 짜증을 느끼게 된다. 외부 자극에 대한 면역력이 전체적으로 떨어졌기 때문이다. 그러니 잠을 못 자서 졸린 눈으로 있는 사람, 불타는 금요일을 보내고 와서 얼굴이 퀭한 사람, 기분이 좋지 않아 입술을 삐죽 내민 사람 등은 총명한 눈빛, 활기찬 목소리, 민첩한 행동으로 아침을 여는 사람들을 이겨낼 수가 없다. 몸과 마음의 상태가 중요한 이유다.

뿌리가 성하지 않으면 좋은 열매를 맺을 수 없는 것처럼. 뿌리가 깊지 못하면 튼튼하게 자랄 수 없는 것처럼. 건강이 중요한 이유가 여기에 있다. 몸과 마음이 건강하지 않으면 무엇도 바로 설 수 없다.

젊다고 항상 건강할 수는 없다. 때때로 감기와 몸살에 시달리기도 할 것이고, 젊은 날에 겪는 크고 작은 사건에 마음이 다쳐서 시들해질 때도 있을 것이다. 그런 순간을 잘 이겨내기 위해서 건강하자는 이야기다. 나보다 스무 살 많은 상사에게는 가슴 속에 품은 청춘이 보이는데, 이제 겨우 서른도 안 된 나에게서 세상을 다 산 것 같은 푸석푸석한 늙은이의 모습이 보인다고 상상해보면, 그건 너무 약오르고 싫지 않을까? 어디서 무얼하건 늘 빛나고 싶은 게 젊은 사람들의 마음 아니었나. 그러니 건강을 잃는다는 데에는 육체만 해당되는 것이 아님을 알자. 그리고 지금의 선상이 내일 나를 더 빛나게 하도록 노력하자. 누구보다 예쁜 아침의 얼굴을 만들 수 있도록.

스타 서빙 이효찬, 세상을 서빙하다

굴리기도 하고
콧노래도 부르려면

나에게는 보이지 않는 리어카가 있다. 덕분에 나는 힘듦에 대해서 어떠한 정의를 만들어보게 됐다. 어느 날 가만히 있다가 힘듦에 대해 섣부르게 정의하려고 했던 건 아니다.

계기는 폐휴지를 줍는 어떤 할아버지와의 만남에서 시작됐다. 언제나 당당하고 성실하신 그분은 시청 부근의 터줏대감이다. 그래서 큰 관심을 갖게 되었고 또 좋아하게 됐다. 그러다보니 자연스레 할아버지의 기호도 알게 되었는데 라면 중에서는 기스면을 무척 좋아했다. 자판기 커피를 마실 땐 나무젓가락으로 획획 젓는 걸 좋아했다. 누군가가 커피를 정성껏 내려마시는 것처럼. 장갑은 흰 목장갑만 썼다. 노래 짓고 있을 때에는 말을 걸면 좋아하지 않았다. 나중에야 알게 된 사실인데 가사를 까먹기 때문이라고 한다. 또 여름에는 어느 유명한 커피숍 창문가 바로 아래에서 낮잠 자는 걸 좋아했고, 저녁이 되면 모 대기업의 건물 앞에 있는 벤치에서도 곧잘 잠들었다. 그래서 비 오는 날 할아버지가 걱정되어 여쭤봤다.

"할아버지, 이렇게 비가 오면 어떻게 주무세요?"

"응? 집에 가서 자야지."

"헉! 맞네요. 집에 가서 자면 되지!"

별 걸 다 묻는다는 할아버지 표정을 보고 순간 내 선입견에 대해서 큰 부끄러움을 느꼈다. 어쨌든 할아버지와의 에피소드 중에서 내게 가장 인상 깊었던 것은 바로 할아버지의 리어카였다.

문득, 할아버지가 언제 행복하고 즐겁지 않은지가 궁금했는데 의외로 쉽게 알 수 있었다. 바로 리어카의 무게였다. 폐휴지가 가득 있거나 냉장고 같은 고가의 물건들을 실을 수 있을 때에는 끙끙거리는 할아버지의 표정이 무척이나 유쾌하고 밝았다. 콧노래도 흥얼거릴 정도였다. 아무리 봐도 그 무게를 감당하기 어려울 것만 같은데 할아버지는 슈퍼맨과 다름없었다. 도와드리고 싶어도 너무 즐거워서 섣불리 다가갈 수 없었다. 내가

스타 서빙 이효찬, 세상을 서빙하다

가면 할아버지의 흥이 식어버릴 것만 같았기 때문이다. 반면에 폐휴지를 다른 사람들이 주워 가거나 양이 별로 없는 날, 또 비가 오거나 폐휴지가 젖어서 못 쓰게 되어버린 날에는 신발 뒤축이 바닥에 끌리는 소리가 났다. 콧노래도 부르지 않았다.

그리고는 깨달았다. 나에게도 보이지 않는 리어카가 있다는 걸. 이 리어카는 가볍다고 해서 마냥 편한 것도 아니고 무겁다고 해서 마냥 힘든 것도 아니다. 그 당시에 나는 신발을 한 달에 한 켤레씩 터트렸다. 일부러 힘을 써서 그런 게 아니라, 그만큼 이것저것 많은 일들을 도맡았기 때문이었다. 그래서 이 육체의 피로감들은 내가 열심히 해서 자초하게 된 어떤 후유증이라고 생각했다.

하지만 그렇게 생각하는 건 '자백'이나 다름없었다. 사실 매일 노는 데에도 힘은 든다. 먹기만 해도, 잠만 자는 것도 그렇다. 사는 것 자체가 원래 힘이 든다. 오히려 나는 내 일을 열심히 함으로써 집에 돌아왔을 때 행복한 안도감으로 곯아떨어질 수 있었다. 그리고 그 덕분에 사람들의 반응을 보면서 더 큰 에너지와 행복을 얻었다. 만약 내가 무표정으로 일을 하고, 신발이 터지는 게 아까워 몸을 사리며 일을 했더라면 어땠을까? 그래도 퇴근 시간까지는 여전히 힘이 들었을 것이다. 어쩌면 이것도 안 하려고 들고 저것도 안 하려고 드느라 마음 복잡하고 더 스트레스 받고, 동료들과 트러블이 생겼을지도 모른다. 그렇게 원래 내가 가진 에너지를 부정적인 데에만 쓰다가 정작 내가 꼭 써야 할 곳에 쓰지 못했을 가능성이 더 크다. 그리고는 미래에 대한 두려움에 떨었을지 모른다. '앞으로 어떻게 될까, 나는 잘 살 수 있을까?'라는 물음에 자신 있게 대답하지 못하고 말이다.

요즘은 오전에 강연을 다니거나 사람들을 만난다. 오후에는 가게에서 서빙을 한다. 그리고는 새벽에는 이렇게 누군가에게 조금이나마 도움이 되면 좋겠다는 바람을 담아 조금씩 글을 쓴다. 그러다보니 주변 사람들이 내 건강을 걱정한다. 한동안은 '그동안도 잘 지내왔는데, 이런 걸로 설마 내게 큰 병이 생기려고?' 하고 무심하게 지냈다.

그렇게 걱정과 관련해서는 아무 생각이 없던 어느 날이었다. 가게로 오는 단골손님에게 "어디 몸이 안 좋아 보여요."라고 한 마디를 더 들으니 결국 내 마음에도 걱정이 생겨났다. 사람의 마음이 잘 옮는다는 말은 이럴 때 쓰는지도 모르겠다. "괜찮습니다! 좋습니다! 요즘 재밌는 일을 하나 더 하게 돼서 에너지를 쓰고 있어요!"라고 대답했지만 잠깐 겁이 나기도 했다. 병에 대한 두려움보다는, 내가 내 그릇에 안 맞게 다 짊어지려다가 제대로 못해내면 이찌나 하는 두려움이었다. 하지민 곧, 금빙, 그런 걱정들을 떨쳐냈다. 아플 수 있는 상황일 수 있지만 튼튼하니까. 더 이상 무슨 말이 더 필요할까 싶었다.

주변 분위기에 의해서 처음엔 나에게 아무것도 아니었던 것들을 점점 부정적으로 인식하면, 정말 나쁜 일이 생기고 만다. 그래서 운전할 때는 앉아서 쉰다는 생각으로. 책을 쓸 때는 재밌는 놀이로. 강연은 나를 다지고 발산하는 생산적인 일로 생각을 바꿨다. 그리고 거짓말처럼 혈색이 좋아졌다.

늘 명심할 게 있다. 우리는 모두 리어카를 하나씩 갖고 있다는 것. 그리고 그 리어카 무게만 최소 1톤쯤은 된다는 것도. 그렇기 때문에 수레가 비어 있든 그렇지 않든 상관없이, 원래가 무겁다는 걸 기억하자. 그 안에 얼마만큼의 무게가 올라와 있든 우리는 그 무게에 맞게 성장하면 된다. 그저 지금 당장 힘이 달린다는 것에만 집중해서 휘청거리거나 주저앉아버리면 더 큰 것을 보지 못한다. 그래서 내가 선택한 성장하는 방법 중 하나는 부정적인 마음을 버리고 나를 믿고 자신감을 갖는 것이다. 세상에서 내가 나를 믿어주지 않으면 누가 나를 믿어줄까? 내가 가장 내 편이 되어야 할 때는 바로 어려운 일, 두려움이 밀려오는 일이 있을 때다. 이 글을 읽는 모두에게 긍정과 자신감이 더 많이 생겨나면 좋겠다.

잊지 말아야 할 것이 하나 더 있다. 리어카는 뚜껑이 없는 오픈카와 많이 닮아 있다는 것이다. 심지어 창문도 없어서 안에 무엇이 있는지 가릴 수도 없다. 그러니 내가 끌고 있는 그 리어 카가 부끄럽지 않아야 한다. 그 안에 게으름과 나태함이 가득 차 있다거나 아무것도 들어 있지 않다면 아무도 리어카 끄는 당 신을 응원하고 싶지 않을 것이다. 그리고 여전히 그 리어카는 든 게 없어도 당신을 힘들게 만들 것이다.

당신이 힘든 건 리어카 탓이 아니다. 당신이 그렇게 느끼려고 만 하기 때문이다. 그렇기 때문에 우리는 그 안에 소중한 것들 을 가득 채워야 한다. 가슴을 뜨겁게 만드는 것들을 담아야 한 다. 그래야 굴리는 맛도 있고 콧노래가 절로 나올 테니 말이다.

열흘을 위해
온 계절을 견디는 벚꽃처럼

"이러다 벚꽃 다 지겠다."

"저렇게 질 거 뭐하러 피어나나 몰라."

개화가 작년보다 앞당겨졌다. 고온현상 때문이라고 한다. 예전에는 벚꽃 축제 때까지 꽃이 피지 않아서 일부러 나무를 더 따뜻하게 하고 지열을 돋웠다던데. 스물아홉 봄에는 벚꽃이 절정일 때 흐린 날이 더러 있었다. 내가 일하는 가게 근처 곳곳에도 꽃이 폈다. 지나가는 사람도, 함께하는 동료도 하나같이 벚꽃 이야기를 했다.

세상에 꽃이 많고 많은데. 봄에는 유독 벚꽃이 소중하고 귀하다. 벚꽃이 펴야 봄이 정말로 시작된 것 같은 느낌이 들 정도다. 벚꽃 길 사이를 걷는 사람들의 행렬을 떠올리면서 유난스럽다고 생각해본 적이 있는데, 언젠가부터는 사람들의 그런 마음이 무척 소중하게 느껴져서 좋다.

사람은 꽃보다 예쁘다. 마음을 가졌기 때문이다. 마음이란 것은 신기하다. 모두가 다 갖고 있는데, 쓰이는 용도가 천차만별이다. 희로애락이 마음에 피는 꽃이라면, 이 감정들을 만드는 영양분은 우리가 살아온 시간이라는 생각이 든다. 긴 시간 동안 여러 가지 일들을 겪고, 마음이 어떤 하나의 감정으로 트이기 때문이다. 그리고 내가 원하든 원하지 않든 마음이 드러나는 때가 있다. 늘 좋은 마음으로 정성을 다해 살라는 말이 있는 건 아마 언제고 들킬 마음들이 곳곳에 있기 때문일 거다. 나뭇가지 하나에 꽃이 옹기종기 모여서 활짝 핀 모습을 보는 동안 그런 생각을 했다.

며칠 전, 어떤 사람에게 이런 질문을 들었다.

"효찬 씨는 항상 유쾌하게 일해요? 그래도 사람인데 가끔은 가면을 쓸 것 같거든요. 이걸 꼭 가식이라고 볼 수는 없을 것 같지만…… 일할 때 어떻게 그렇게 잘 웃어요?"

곧바로 대답하지는 못했다. 나도 일관성 있게 서빙을 하려다보니 가끔씩은 마음에 없는 미소가 나온다. 일을 시작한 지 얼마 되지 않았던 시절에는 마감 때마다 거짓말을 하면서 하루를 보낸 기분이 들어서 괴로웠다. 나를 돌보고 싶은 마음을 져버리고 손님들 앞에서 속없이 웃는 내가 싫은 적도 있다.

그렇게 몇 번의 힘듦을 지내보고는 단순하게 생각하기로 했다. 그리고 좀 더 시간이 지나고서는 마음을 편하게 가질 수 있게 됐다. 내가 그만큼 내 일에 애착을 갖고 최선의 노력을 하고 있다는 증거라고 여길 수 있게 됐기 때문이다. 무엇보다도 열심히 아름답게, 나를 스스로 해치지 않는 선에서 잘 살고 싶은 마음이 크기 때문에 할 수 있었던 것이다.

내게 그 질문을 한 사람은, 자기가 하는 일에 있어서 가면을 써야 할 때가 많은 것 같았다. 좋은 결과를 위해 웃고 있지만 자신의 삶보다는 일을 위해서 감정 노동을 하는 듯했다. 꽃처럼 아름답게 피어도 모자를 시간에 무거운 고민을 떠안고 있는 듯 보여서 안타까웠다.

피고 지는 것이 꽃뿐만이 아니라면, 모든 것에 시간이 정해져 있다면, 가식 역시도 그 상태를 오랫동안 유지할 수 없을 것이다. 가식이라는 말에 나쁜 의미가 깃든 건 나를 숨기고 남을 속이기 때문이다. 상황을 똑바로 보지 못하게 만들고, 은폐하게 돕기 때문이다. 찰나의 이익만을 챙기려 들기 때문이다.

그런데 일을 하는 사람이 마음을 있는 그대로 드러내지 않고 긍정적으로 행동하려는 것은 가식이나 거짓말과 다르다. 물론 넓은 범주에서는 '속임'이라는 행위를 부정할 수 없다. 하지만 그 의지를 보면 분명한 차이가 있다.

내 가게를 열어 마음이 맞는 동료들과 함께 일하면서 깨달은 게 있다. 요식업에서 메뉴의 종류나 음식의 수준만큼 중요한 항목은 손님들이 얼마만큼 즐겁고 편하게 즐길 수 있느냐는 점이라는 것. 그래서 생각하건대, 서비스업에 종사한 사람들의 모든 미소를 가식이라는 글자에 전부 가둬버리면 그 사람들의 노력을 알아주지 않는 것과 다름없다. 그들은 나의 힘듦을 숨기고 상대가 기쁘기를 바라기 때문이다. 손님이 지불한 금액 이상의 가치를 돌려주어 더 나은 하루를 만들도록 하는 것이 서비스업에 종사한 사람들이 보여주는 발랄함이고 긍정이다. 이것은 최선의 배려이자, 진정한 서비스다.

꽃의 삶은 피고 지는 일이다. 우리도 마찬가지로, 자신의 자리에서 더 좋은 모습으로 피어날 수 있도록 노력하는 모든 순간이 삶이다. 그렇다면 인생도 열흘쯤 피고 지는 꽃이라서 무상한 것이 아니라, 열흘간 유난히 더 아름답기 위해 꾸준한 힘으로 살아가야 하지 않을까? 사소한 것 하나에서도 좋은 의미를 만들 수 있도록, 최대한 긍정적으로 살아야 할 의무가 모두에게 있다. 서비스업은 더더욱 그렇다고 믿는다.

　내년에 또 필 벚꽃이 떨어지는 모습을 보면서, 오늘을 더 잘 살아서 좀 더 찬란하고 풍성하게 인생의 꽃을 틔울 수 있기를 바랐다.

20분의 비밀

유치원을 다니던 시절 엄마에게 말했다.

"엄마, 나 햄버거 먹고 싶어."

동네에는 햄버거를 파는 곳이 없었기 때문에 시내까지 나가야만 했다. 우리는 한 시간가량 버스를 타고 저 멀리 다른 동네로 나갔다. 버스에서 내려 사람들에게 묻고 물어 햄버거 파는 가게를 찾아냈다. 한 입 두 입 오물오물 삼키던 그 맛이 지금은 정확하게는 기억나지 않지만, 그날 내가 얼마나 신났는지는 지금도 생생하다.

배부르게 먹고 자리에서 일어났을 때, 우리에게 큰 문제가 닥쳤다. 집에 돌아오는 일이, 말 그대로 '일'이 되어버린 것이다. 당시 우리가 살던 동네에는 버스 노선이 하나뿐이었다. 어디를 가려고 하든 그걸 타면 모든 게 순조로웠는데, 시내에 나와서 다시 가려니 그 버스 번호가 기억이 나지 않는 것이었다. 색깔도 다르고 모양도 다른 버스들. 매일 보던 그 버스는 눈 감고 있어도 그려질 정도라고 생각하고 있었는데, 그때 느낀 막막함을 아마 엄마도 기억하고 있을 거라고 짐작해본다.

엄마와 나는 어떤 것을 타야 할지 결정하지 못했다. 결국 해가 쨍쨍할 때 출발해서 밤이 깊어지고서야 도착했다. 그때 나는, 햄버거를 먹는 일은 원래 그렇게 어려운 줄 알았다. 그리고 시간이 지나 나는 집에서 밥 먹는 걸 좋아하는, 집에 엄마가 있으면 세상을 다 가졌다고 생각하는 초등학생이 됐다.

나는 부모님을 내게 아무것도 해줄 수 없는 존재라고 생각했다. 그리고 내가 그들을 보호해야 한다고 믿었다. 어린 날의 착각이었다. 나 또한 다른 이들처럼 부모님에게서 가르침을 받으며 삶을 배우고 영향받고 있었다. 부모님이 한글을 읽지 못해도, 나에게 "효찬아 그거 하면 안돼."라고 사랑의 구속을 한 적이 없어도. 심지어 구속 없이 자란 탓에, "뛰면 다쳐."라고 하는 삼촌의 말 한 마디에 생소한 감동이 밀려와 펑펑 울었을지라도.

부모님에게는 당신들만의 표현과 사랑하는 방법이 있었다. 나는 언제나 그 영향 아래서 자랐다.

그것을 알기까지 오랜 시간이 걸렸다. 독립한 후 부모님은 가끔씩 내게 전화를 걸었다. 하지만 통화를 한다 해도 건너편에서 오는 대화의 내용들은 내 관심사와 거리가 멀었다. 때문에 나는 받을 때마다 말했다.

"엄마, 나 지금 바쁘니까 나중에 전화할게."

호주에 있는 동안, 부모님은 내가 있는 곳과 당신이 사는 곳의 시차를 계산하지 못했다. 새벽에 전화가 종종 왔고, 나는 그럴 때마다 매번 짜증을 냈다. 그렇게 1년여가 지났다. 호주 워킹홀리데이를 끝내고 집에 돌아왔다. 엄마가 무척 좋아하며 "지금 할머니가 병원에 진찰받으러 갔는데 얼른 전화해서 오라고 해야겠다."라고 말했다. 나는 그렇게 반겨주어 내심 좋았지만, 크게 내색하지는 않았다. 좋을 대로 하라고 대꾸했던 걸로 기억한다. 그리곤 컴퓨터를 켜고 내 할 일을 했다. 엄마는 내 뒤에서 전화를 걸기 시작했다.

엄마가 할머니와 통화하기까지는 약 20분이 걸렸다. 한글과 숫자를 잘 모르기 때문에, 단축번호가 있는지 모르기 때문에, 누군가가 와서 친절하게 그런 것들을 입력해주거나 편리한 기계들을 잘 쓸 수 있도록 알려주지 않았기 때문이었다. 엄마는 계속 엉뚱한 사람들에게 전화를 걸었다. 잘못 걸기를 몇 번이나 했는지는 잘 모르겠지만, 엄마가 계속 전화를 잘못 걸고 있다는 걸 인지하고부터 20분이 될 때까지 엄마는 연신 전화를 걸었다가 끊기를 반복했다. 엄마는 그 시간 동안 짜증을 내거나 화를 내기는커녕 종이에 적힌 삐뚤삐뚤한 숫자를 진지하게 보며 버튼을 누르고 있었다. 그때 생각했다.

'엄마가 지금까지 나한테 전화를 걸었던 그 시간들이 20분은 더 걸렸던 거였구나. 그런데 나는 5초도 안되어서 끊었던 거구나.'

직접 보지는 못했지만 미루어 짐작할 수 있게 된 몇 가지 장면들이 머릿속에서 빠르게 정리가 됐다. 그리고 나는 아무 말도 할 수가 없었다. 단지 소리를 내어 우는 게 그 순간에 내가 한 일이었다.

내가 생각한 효도는 엄마에게 맛있는 음식을 사드리고 가끔씩 용돈을 드리는 일이었다. 그때까지 나는 남다른 가정에서 자라오면서도 다른 사람들이 생각하는 행복의 기준을 철저히 내 삶에 적용하려고 했다. 좋은 차, 넓고 큰 집, 정갈하고 비싼 음식, 높은 연봉을 주는 직장이 삶의 행복 수치를 정하는 기준이라고 믿으며 살았던 것이다.

여태 전혀 다른 생활을 해오고서도 그때까지도 나는, 궁극적으로, 그 엇비슷한 삶을 흉내 내려고 했던 거다. 사실 아버지가 제일 좋아하는 음식은 치킨과 삼겹살이다. 엄마는 맵지 않은 국수를 좋아한다. 명품 옷이 어떻고 좋은 차가 어떤 것인지에 대한 인지도, 관심도, 구별도 없다. 다만 하고 싶은 게 있을 뿐이었다.

엄마는 내 목소리를 듣고 상태를 궁금해했다. 확인이 되고 가늠이 되면 그것으로 행복한 삶이었다. 눈앞에 당장 자식이 없더라도, 그렇게나마 느낄 수 있는 무엇이 있다면 마음이 커다랗게 부풀 수 있는 넉넉한 행복을 가진 사람이었다.

내 부모님은 자신이 아는 한도 내에서 나에게 무언가를 가르쳐주고 싶어했다. 당신들이 옳다고 생각하는 방법으로 사랑을 표현하고 싶어 했다. 그런데 나는 그런 것들을 내심 부정하고 있었다. 조금이라도 다른 가정들처럼 보이고 싶었을지도 모른다. 나의 행복은 좀 더 넓은 곳, 저 사회라는 곳에 있다고 믿어서 바깥의 기준을 나에게 적용하려고 들었는지도 모르겠다.

중요한 것은, 나를 키워낸 울타리 안의 풍경보다는 바깥의 사정을 더 궁금해하며 나와 가장 가까이 있는 사람들의 마음을 자세히 보지 않은 것이다. 마치 "우리 엄마 손은 작고 통통해."라고 말할 수는 있지만, 여러 사람들 사이에서 엄마 손을 찾으라면 못 찾고 제가 생각하는 어머니의 손에 대한 이미지와 비슷한 손을 냉석 삽고야 마는 게임처럼.

있는 그대로 이해하는 것이 옳은 선택일 때가 있다. 반드시 바꿔어야 하는 삶은 따지고 보면 그리 많지 않다. 그런데 여기까지를 인정하는 데에 나는 너무나 오래 걸렸다.

가족을 이해하고 나니, 여러 형태의 삶들이 다르게 보였다. 하나를 깨달은 뒤 여러 가지를 수용하면서 살 수 있게 된 기분이 든다. 이 일을 계기로 자기관찰과 타인관찰도 중요하지만, 가족을 세심하게 관찰하는 게 삶에서 가장 중요하다는 걸 깨달았다. 부모님이 다른 사람들보다 서툴고 능숙하지 못한 게 나의 핸디캡이 될 수 없다는 것도, 새삼 깨달아서 힘이 됐고.

세상에는 날 때부터 잘난 사람만 있을 수는 없다. 연약한 사람, 말주변이 없는 사람, 사회의 약자라고 분류되는 여러 사람들이 많고 많다. 나 역시 그중 한 명이다. 아마 꽤 많은 사람들이 사회 안에서 자신의 나약함을 은연중에 체감하며 살아가고 있을 것이라고 짐작해본다. 나는 그렇게 정의되어 있는, 그래서 사회의 보호를 받고 있는 부모님에게서 태어난 덕분에 더 넓은 폭의 사고와 태도를 갖추게 됐다고 마음을 바꾸고 나니, 좀 더 큰 사람이 되어야겠다는 다짐도 함께 폈다.

어머니의 증조할머니가 어머니와 많이 비슷하다고 들었다. 그래서 내 자식 또한 부모님을 닮을 확률이 유전적으로 높다고 한다. 하지만 나는 그것이 두렵게 느껴지지 않는다. 벌써부터 겁먹고 싶지도 않다. 여기에서 중요한 것은 어떤 조건을 갖고 있느냐가 아니라 어떤 태도와 마음을 갖고 있느냐니까.

얼마나 열심히 행복을 느끼는지, 자신에게 주어진 조건 안에서 얼마나 열심히 잘살기 위해 노력하는지에 따라 행복과 사랑의 크기가 달라진다고 믿는다.

나는 무한하고 싶다. 그리고 어떤 시련과 아픔이 와도 그 또한 내가 살아가면서 감당해야 되는 인생의 일부분이라고 받아들일 줄 아는 사람이고 싶다. 이 글을 읽는 동안 자신이 숨겨온 어떤 핸디캡을 떠올린 사람이 있다면, 그분들 역시 지금보다 더 행복한 사람이 되기를 기도해본다.

스타 서빙 이효찬, 세상을 서빙하다

친구가, 가족이, 세상 사람들이 나의 삶을 이해하든 말든

중요한 것은 매일매일 생각하고 깨달으며 성장하는 것이다.

"고생 끝에 낙이 온다."는 옛말을 믿는다.

요리사와 서빙가의 시간이 축적되어

맛있는 요리가 테이블에 오르고 손님이 값을 치르는 것처럼,

인생 역시 여러 과정을 거치다보면

좋은 결과물과 감동스런 대가가 올 것이다.

지금 아무리 힘들더라도

나는 후불로 다 돌려받을 때까지 버티며 살아나갈 것이다.

고생 끝에 낙이 오고 뿌린 대로 거둔다면,

나는 그날까지 매일매일 나를 숙성시키겠다.

하루를 즐겁게 맛보겠다.

오늘은 맛이 좀
다르지?

내가 운영하는 족발집에 친구가 놀러왔을 때 재밌는 실험을 하나 했다. 친구가 가게에 도착하자마자 족발을 한 접시 대접했다. 그다음날 저녁에도 다시 족발을 주고, 이렇게 물어봤다.

"어때? 오늘은 맛이 좀 다른 것 같지 않아?"

그러자 그 친구는 족발을 꼭꼭 씹으며 생각에 잠기는 듯하더니 이렇게 대답했다.

"어? 성발 싶은 맛이 더 나는 것 같은데?"

하지만 이 친구가 먹은 족발 두 접시는 모두 똑같은 레시피로 만든 것이었다. 그런데 어떻게 더 깊은 맛이 난다고 느낄 수 있었던 걸까? 이유는 간단하다. 더 오래 꼭꼭 씹어서 음식을 음미할 수 있게 내가 유도했기 때문이다. 그러면 그 사람은 그 맛을 느끼려고 노력하게 되고 그러다 보면 전에 느끼지 못한 맛을 알아차리게 된다.

인생도 마찬가지라는 생각이 든다. 군 복무를 하면서 1년간 취사병으로 일했다. 나는 추운 겨울날 설거지를 끝내고 따뜻한 커피믹스가 든 머그잔을 두 손으로 꼭 붙들고 있는 순간을 좋아했다. 취사장 밖에 놓인 의자에 앉아 허허벌판인 논밭을 자주 바라봤다. 차고 가벼운 바람이 밭 어딘가에서 내가 앉은 자리로 불어오기도 했고, 잠깐 앉아 있기도 어려울 만큼 무겁고 아린 바람이 몰려오기도 했다.

전역을 한 지는 제법 오래 되었다. 그런데 지금도 어느 유명 전문점에서 커피를 마시든 도저히 그때처럼 맛있지가 않다. 고급스럽다거나, 화려하다거나, 진하다거나, 풍미가 좋다거나, 연하다거나 하는 감상은 늘 있는데 그때처럼 마음이 설레지 않다. 아마도 그 순간에 대한 기억이 깊이 남아 있어서인 것 같다. 그때 입안에 돌던 맛, 20대 초반에만 피어오르고 있었던 그 순간의 감정, 유난히 더 소중하게 느껴지기만 하는 시간 등이 있었기 때문일 것이다.

요식업으로 완전히 삶의 방향을 잡은 뒤로 그때의 기억을 소중히 간직하고 있다. '음미'라는 단어를 가슴에 새기고 있는 셈이다. 그래서 늘 손님들이 내 가게에서 즐거운 시간을 보내다가 가길 바라고, 이곳에서 보낸 시간이 자주 기억하고 싶은 순간이기를 바라며 노력한다. 맛있어서, 서빙이 마음에 들어서 또 온다면 더할 나위 없이 기쁘겠다.

그러다 문득, 삶도 이렇게 꼭꼭 씹어 맛봐야만 한다고 생각했다. 일상에서 벌어지는 모든 일들을 어떻게 느끼느냐에 따라서 그 깊이가 달라지니까. '당연한' 일이 '소중한, 행복한, 감사한' 것으로 바뀐다면 기꺼이 내 인생에 그 정도 성의는 보여도 좋겠다. 아마 충분히 감동스러울 것이다. 늘 걸려오는 부모님의 전화와 장난기가 잔뜩 든 친구의 목소리에 문득 귀 기울이다 단맛, 깊은 맛, 든든해지는 맛을 느낄 수 있었던 것처럼.

정말 사소하기 때문에 스쳐 지나가는 일들이 삶 곳곳에 많이 있다. 하지만 조금만 더 애정을 갖고 자신에게 일어난 일들을 돌아보면 좋겠다. 너무나 당연하게 여겨서 느끼려고 하지 않았던 일들이 보일 것이다. 그동안에는 느끼지 못했던 새로운 맛을 알게 될 것이다.

"천천히 오래, 꼭꼭 씹어 드세요. 오늘 특별히 더 맛있으니까."

똑같은 레시피이지만, 이 한 마디에 손님들은 먹는 즐거움을 느끼려고 미각에 긴장감을 준다. 처음에는 손님들에게 이렇게 말하는 게 거짓말을 하는 기분이 들어서 주저했다. 하지만 어제와 오늘 내가 하는 일이 같다고 하더라도 어떻게 감각을 세우냐에 따라 느껴지는 감동의 폭이 다르다는 걸 알게 된 이후로는, 그 말을 주저없이 할 수 있게 됐다.

아주 흔한 말이지만, 어제와 오늘은 분명히 다르다. 어제보다 오늘 더 삶을 향한 모든 감각을 바짝 세운다면 인생이 바뀔 수도 있다고 생각한다. 영화처럼 삶이 아주 빠른 시간 안에 획획 바뀔 수는 없겠지만, 방향을 조금씩 틀어 더 좋은 곳으로 닿을 수는 있을 거라고 생각한다. 물론, 자신이 가진 것에 만족하고 그 안에서 의미를 찾고 좀 더 내실을 다지기 위해 올바른 방향을 찾는 일이 내게는 아직 어렵다. 꾀를 잘 내는 성향을 갖고 있어서 좀 더 편한 길을 가려고 스스로를 설득하려 들 때가 아직도 있다.

하지만 그럴 때마다 내가 꿈꾸는 방향으로 좌표를 잘 잡고 있는지, 나는 잘 성장하고 있는지를 질문한다. 그러면 삶에 대한 촉각이 좀 더 세워지는 기분이 든다. 그러다 이따금씩 '살맛 난다.'는 생각이 톡톡 터져 올라온다. 그때가 바로, 내가 찾던 삶의 성장 포인트와 마음의 넓이가 일치한 순간인 것 같다.

배울 것인가,
부러워할 것인가?

요식업계에서 유명한 서빙가를 뽑으라면 단연코 김철우란 사내를 빼놓을 수 없을 것이다. 그는 서울권에서 가장 많은 단골손님을 보유한 것으로 정평이 나 있기 때문이다. 서빙에 대해 논하기를 좋아하는 호사가들조차도 "그를 얻으면 천하는 못 얻어도 천하의 손님은 얻을 수 있을 것이다."라고 할 만큼 높게 평가했다. 그런 만큼 다른 영업장에서도 그를 회유하고자 혈안이 되어 있는데, 또 그런 제안들에 혹하지 않고 의연하게 서빙을 하니 김철우의 명성은 짐짐 너해서만 갔다.

한편 족발집 길 건너편에는 사장으로서의 덕을 쌓기보다 오로지 자신의 가게를 프렌차이즈로 만들어서 큰돈을 만질 생각 뿐인 치킨집 사장 김계동이란 사람이 살았다. 그는 김철우를 자기 가게로 꾀어내기 위해 계책을 세웠다.

소문에 의하면 김철우는 한 번 약속한 것은 목숨을 걸고서라도 지킨다고 한다. 그래서 지키기 어려운 약속을 만들기만 한다면 쉽게 자기 가게로 데리고 올 수 있을 거라 생각했다. 그리하여 철우를 찾아가 이렇게 말하였다.

"나는 요 앞 치킨집을 운영하고 있는 김계동이오. 그대가 그리 서빙을 잘한다고 들었소."

김철우가 이렇게 대답했다.

"과찬이오. 서빙에 잘하고 못하고가 어디 있겠소. 다만 고객을 즐겁게 만들고 나 또한 그것에 만족하니 그것이 바로 안빈낙도가 아니겠소?"

"지금 듣기로는 고객을 즐겁게 만드는 게 자기의 만족이라고 하는 것 같은데 맞소?"

"그렇소."

"허면, 그대는 어떤 고객을 만나도 즐겁게 생각하고 받아들일 수 있다는 거요?"

"당연하오. 서빙하는 사람은 모름지기 손님을 가리지 않는 법.

팁을 주는 손님이건 안주는 손님이건 나에게는 똑같은 손님일 뿐. 만 원 1장으로 하늘을 가리려고 한 적은 단 한 번도 없었소."

"도저히 못 믿겠구려. 어찌 사람이 사람을 가리지 않는단 말이오? 자고로 사람은 첫인상으로 한 번 가리고, 둘째는 옷으로 가리며, 셋째는 직업으로 가린다고 하였소. 나는 그대의 서빙이 한결같이 평등하다는 걸 믿을 수 없소."

철우가 다시 답하였다.

"남자는 일구이언하지 않소. 내가 단골손님을 많이 갖고 있는 이유가 가장 큰 증거요."

"그러면 남자 대 남자로 약속하시오. 당신이 서빙을 할 때 어떤 상황이든 인상을 찌푸리거나 화를 내게 된다면 오늘의 말과는 다른 것이니 내 가게로 입사해 닭을 튀기시오. 참고하건대 우리 집 기름은 사람을 가리지 않으니 조심하는 게 좋을 거요!"

"약속하리다."

그렇게 약속하고는 계동은 신이 나서 철우가 일하는 가게의 팀장 차상인을 미리 포섭해두었다가 이용한다. 철우가 가게의 발전을 위해 내놓은 아이디어를 차상인 팀장이 가로채 발표를 해서 너 많은 공로를 가져갔음에도, 철우는 그를 욕심이 많은 자라고 욕하지 않았다. 세상만사가 늘 자기 뜻대로 돌아가지 않음을 알았기 때문이다.

계동이 블랙 컨슈머를 통해서 온갖 컴플레인을 걸었을 때도 철우는 찡그리지 않았다. 나를 낳아 주신 것은 어버이나 나를 가르쳐주는 것은 늘 손님이라 생각했기 때문이다.

이렇듯이 어떤 것을 해도 꿈쩍하지 않으니 계동은 심술이 났다. 그리고 새벽마다 철우네 가게 앞에다 똥을 싸고 도망쳤다. 철우는 이것조차 다른 사람을 시키지 않고 손수 치웠다고 한다. 자신의 위치를 지킬 수 있는 것은 사람들에게 이미 알려진 명예가 아니라 초심이라 믿었기 때문이다. 그것이야말로 천하의 손님을 얻을 수 있는 가장 중요한 요체였던 것이다.

꼬리가 길면 잡히는 법. 계동은 결국 새벽에도 큰일을 치르려고 시도하다, 마침 순찰하는 경찰에게 붙잡히게 되었다. 그 이후로 그 지역에서는 거짓과 못된 심성으로 가득 찬 사람이 있으면 '계동 같은 놈'이라고 한다고 한다.

견제와 관찰,
무엇을 선택할 것인가?

철수와 우현은 족발집에서 만난 동년배인데 신기하게도 그들은 좀처럼 사이가 가까워지지 않았다. 철수가 우현을 무척 견제하고 싫어하기 때문인데 철수는 2년 가까이 근무를 했지만 우현은 들어온 지 두 달이 채 되지 않았다. 그런데 오히려 우현이 철수보다 족발을 빨리 썰고 고기의 모양도 흐트러지지 않게 하는게 아닌가. 그렇게 눈으로도 확연히 차이가 나니 철수는 그가 부럽기도 하고 밉기도 했다. 그래서 철수는 이 차이를 극복하고 사 족발을 열심히 썰었지만 솜체 차이를 줄일 수 없었다. 이것은 마치 재능과도 같이 여겨져서 자기 자신이 무척이나 싫어졌

스타 서빙 이효찬, 세상을 서빙하다

고 더 이상 족발을 썰고 싶지 않은 지경에 이르렀다. 여러 날 고민 끝에 그는 유원대 이사에게 찾아가 이 사정을 이야기하고 퇴사를 말하매, 유원대 이사가 사직서를 받지 않으며 말하였다.

"내가 생각하기로는 당신이나 그 사람이나 재능은 비슷한 것 같소. 헌데 당신이 한 가지 빠뜨린 것이 있소."

"그것이 무엇입니까?"

철수가 다급히 묻자 유원대 이사는 잠시 뜸을 들였다. 맞은편에 앉은 철수가 엉덩이를 들썩이며 의자를 바짝 붙여 유원대 이사의 책상에 명치가 닿을 정도로 앉으매, 이사가 드디어 입을 열었다.

"으흠. 그것은 내가 일러주기보다는 당신이 직접 보는 게 나을 거요. 우리 가게 브레이크 타임 때 우현이 무엇을 하는지 몰래 한 번 보시오."

그리고 며칠 뒤 철수가 유원대 이사에게 찾아와 말하였다.

"차이점을 드디어 알았습니다!"

유원대 이사가 웃으며 발견한 차이점이 무엇이냐고 묻자 이런 대답이 돌아왔다.

"저는 족발만 열심히 썰었지요. 그런데 우현은 그 시간 외에 칼을 갈고 있는 게 아니겠습니까. 저 보기에 그의 행동이 이런 큰 차이를 만든 것 같습니다."

"허허. 맞소. 똑같이 서빙을 하고 똑같이 칼질을 해도 격차가 벌어진 이유가 여기에 있소. 그들은 시키지 않아도 늘 자신의 칼을 갈고 있소. 비단 식칼뿐만이 아니라 마음도 함께 갈고 닦고 있을 것이오. 그렇게 생각과 태도에서부터 남다르니 그대가 질 수 밖에 없지 않겠소? 당신이 이제 이 이치를 알았으니 꼭 열심히만 하는 것이 능사가 아님을 염두에 두시오."

그 이후 철수는 사비를 들여 홈쇼핑에서 로즈칼을 구하매, 그 뒤로는 당해낼 자가 없다하여 로즈 철수로 불리우게 됐다고 한다.

스타 서빙 이효찬, 세상을 서빙하다

'느끼기'에
소홀하지 말 것

첫 책을 쓰면서 처음에는 많이 힘들었다. 나의 이야기를 강연하듯 자유롭게 하면 될 것이라고 생각했는데. 내가 쓰는 몇 개의 단어로는 책 한 권을 채우는 일이 쉽지 않았다. 깜빡거리는 커서와 눈싸움을 하다가 정신을 잠깐 놓고 먼 산을 본 적도 있고, 너무 거창하게만 느껴져서 부담스럽기도 했다. 처음 느껴보는 기분이었다. 일기를 매일 쓰는 것과 읽을 사람을 생각하고 공유한다는 마음으로 한 문장씩 진도를 나가는 것은 완전히 다른 작업임을 깨닫게 됐다.

처음 겪는 일, 쉽게 극복하거나 해결할 수 없는 일을 마주치면 피할 방법이나 꾀를 찾게 된다. 나는 글자 크기를 14에 놓고 글을 쓰기 시작했다. 10으로 쓰는 것보다는 글자가 덜 들어가면서도 꽉 차보이니까. 그렇게 몇 편을 쓰다 '이렇게 한들 책으로 잘 만들어질 수 있을까? 책 한 권이 만들어지는 데에는 글자가 얼마만큼 필요할까?'를 생각해보게 됐다. 그리고 당장 그만두었다. 내가 지금 당장 큰 글씨로 쓴다한들, 원래 절대적으로 필요한 글자의 수를 충족시키지는 못할 거라는 생각이 들었기 때문이다.

그다음엔 글자 크기를 10에 두었다. 하루에 한 편씩 써나갔다. 이렇게 꾸준히 하다보니 슬슬 효과가 나타났다. 첫째로 글 쓰는 일이 일상이 되어 부담감이 줄어들었다. 둘째로 내가 누군가와 공유하고 싶은 이야기를 더 잘할 수 있게 됐다. 셋째, 글이 쌓여서 마침내 책의 원고로 쓰이게 됐다.

차곡차곡 쌓여 수십 장이 된 종이 뭉치를 보면서, '이제 이걸 출판사에 다 넘기고 나면 여러 사람의 손을 거쳐 정말로 책이 되는구나.'라고 생각했다. 쓰는 동안 머릿속에는 숫자 1을 새겨두었다. 책을 만드는 일도, 인생을 사는 것도, 가게에서 일을 하는 것도, 글 한 편을 쓰는 일도 모두 '오늘'과 맞닿아 있었기 때문이다. 단 하루뿐인 날.

나에게 있어서 삶은 무척이나 진지하고 무거운 단어다. 잘살고 싶다는 압박감도 있거니와 부모님을 잘 모셔야 된다는 책임 감도 있다. 그러다보니 삶이라는 단어를 상기할 때면 늘 어깨에 힘이 들어간다.

하지만 이렇게 경직될 필요가 없다는 걸 깨달았다. 그저 오늘을 효찬스럽게 살다보면 또 그렇게 책처럼 하루하루를 써나가다 보면, 결국 이것들 자체가 하나의 인생이 된다는 간단한 공식을 받아들일 수 있게 됐기 때문이다.

삶에서 가장 특별한 순간은 오늘과 지금이다. 오늘을 사소하게 생각하고 지금을 대수롭게 여긴다면 우리는 특별한 무엇인가를 만들어낼 수 없다. 사소한 것에 특별함이 있다. 그런데 애초부터 특별한 것은 정말 존재할까?

극한의 스포츠이자 꿈의 스포츠로 불리는 포뮬러원(F1)은 시속 300킬로미터로 질주하면서부터 경쟁이 시작된다고 한다. 이런 위험천만한 스포츠 속에서 15년 동안 매년 1승을 한 레이싱 선수가 있다. 그의 이름은 미하엘 슈마허다. 그는 큰 사고를 당하면서 현재까지 거동할 수 없는 상태가 되었다. 그리고 그를 그렇게 만든 사고는 놀랍게도 경기장이 아니라 스키장에서 일어났다.

이처럼 사소하게 생각했던 부분들이 갑자기 큰일이 되어 돌아오는 경우는 비일비재하다. 그래서 평범함 속에 비범함이 있고 사소한 것에 특별함이 있다고 생각한다. 이것을 느끼는 방법은 음미하고 생각하며 곱씹는 것이다.

그러니 '느끼기'에 소홀하지 않았으면 좋겠다. 생각한다고 해서 하루가 닳지 않는다. 더 열심히 느끼려고 노력한다고 해서 사라져버리지도 않는다. 단지 뼈가 되고 경험이 될 뿐이다. 손해 보는 장사? 결코 아니다.

인생을 즐기고 싶다면, 더 단단하게 성장하는 삶을 살고 싶다면, 즐거워 보이는 일들만 좇을 필요가 없다. 생각을 바꾸고 태도를 바꿔서 즐겁지 않았던 순간에도 재미를 느끼려고 또 만드려고 노력해야 한다. 내가 찾고자 하지 않으면 찾을 수 없다. 내가 느끼려 하지 않는다면 결코 느낄 수 없다.

우리 모두가 살맛나게 또 맛깔나게 살았으면 좋겠다. 그러면 온전히 그대가 삶을 느끼는 사람이 되는 수밖에 없다. 지금 우리 주위에서 계속해서 일어나는, 그래서 사소하게 넘겨버리기는 그 일들을 다시 한 번 자세히 들여다보자. 삶도 오래 보아야 예쁘다.

감사의 말

책을 거의 다 쓸 때에야 깨달은 것이 있습니다. 한 번 세상에 나온 책은 사람처럼 성장하면서 바뀔 수 없다는 사실이었습니다. 제가 한 말에 책임을 진다는 걸 두려워해 본 적이 없었는데, 책의 무게가 유난히 무겁게 느껴집니다. 언젠가는 이 책에 담긴 제 경험과 생각들을 보며 수줍어할 날이 올 것이라고 믿습니다. 그렇다면 저는 그 날이 빨리 왔으면 좋겠습니다. 그리고 이 책을 읽는 모두에게 그런 경험이 함께, 빨리 오기를 기원합니다.

　가진 것 없어도 열정 하나로, 세상이 내 편이 아니라면 내가 좀 더 긍정적으로 살아보겠다는 마음을 책에 담으면서 그동안 많은 사랑과 보살핌을 받았음을 다시 한 번 깨달았습니다. 가장 큰 사랑으로 저를 키워주신 할머니께 이 책을 빌어 가장 큰 마음을 드리고 싶습니다. 한없이 선한 나의 부모님과 저의 유년시절을 돌봐준 큰삼촌, 그리고 저의 가장 큰 멘토이신 작은삼촌과 멋쟁이 우건이 형, 그리고 친누나 같은 우희 누나에게 고마움을 전합니다. 나의 동생들 한나와 우현이에게도요.

장사보다 사람을 가르쳐준 갯벌의진주 이상현 대표님, 제게 성장할 수 있는 계기와 넉넉한 마음을 가르쳐주신 만족오향족발의 이한규 사장님께 존경의 마음을 표합니다. 그리고 세상 사람들과 저를 15분 동안 긴밀하게 연결시켜준 「세상을 바꾸는 시간 15분」 사람들에게도 깊은 고마움을 표현하고 싶습니다. 그리고 저의 첫 인터뷰이 김미나 누나와 서빙을 하는 동안 저에게 많은 가르침을 주신 윤명숙 팀장님, 장방임 팀장님, 이종근 형님, 리어카 할아버지, 윤봉숙 이모, 중국 친구들, 그리고 저에게 많은 것들을 알려주고자 마음을 써주신 유대원 이사님, 김완종 과장님, 유용구 형, 주유근 형님, 정길이 형에게도 고마움을 전합니다. 사람의 정을 알려주신 레드게코스 대표님과 실장님께도 감사드립니다. 내 친구 현종, 병긴, 근수, 태규, 장덕 그리고 경석이 형에게도 고맙습니다. 많은 조언과 마음을 아끼지 않은 폴앤마크의 전종목 형과 스타족발을 오픈할 수 있게 도와준 삿갓유통의 김필범 형, 그란데 사장님께도요. 건강한 몸을 갖도록 도와준 트리거짐의 대표 김인기 형님과 행동으로 어른이 무엇인지 보여주신 임준현 대표님에게도 존경을 표합니다. 음악뿐만이 아니라 스스로의 행동과 책임에 대해서 많은 것들을 일깨워주신 김용 선생님께도 감사드립니다.

이효찬이라는 사람이 스타 서빙이 될 수 있도록 응원해주고 가치를 인정해줬던 인큐베이팅의 대표이자 친구인 윤소정에게도 무한한 마음을 전합니다. 대화를 사랑하는 모임인 대사모와 나비효과, 윤석훈, 김철우, 이명열, 김춘수가 저와 함께해준 덕분에 이 책을 씩씩하게 쓸 수 있었습니다. 또 어린 날의 저를 성장시켜준 eun에게도 고마운 마음을 전하고 싶습니다. 마지막으로 옆에서 많은 격려와 신뢰를 보내준 살림출판사의 이성훈 본부장님과 구민준 편집자에게 우정의 마음을 전합니다.

저에게는 역시 사람이 가장 소중하네요. 모두 고맙습니다.

스타 서빙 이효찬
세상을 서빙하다

펴낸날	초판 1쇄 2015년 2월 4일
	초판 6쇄 2019년 6월 26일

지은이	이효찬
펴낸이	심만수
펴낸곳	(주)살림출판사
출판등록	1989년 11월 1일 제9-210호

주소	경기도 파주시 광인사길 30
전화	031-955-1350 팩스 031-624-1356
홈페이지	http://www.sallimbooks.com
이메일	book@sallimbooks.com

ISBN	978-89-522-2952-6 03810

※ 값은 뒤표지에 있습니다.
※ 잘못 만들어진 책은 구입하신 서점에서 바꾸어 드립니다.

이 도서의 국립중앙도서관 출판예정도서목록(CIP)은 서지정보유통지원시스템 홈페이지
(http://seoji.nl.go.kr)의 국가자료공동목록시스템(http://www.nl.go.kr/kolisnet)에서
이용하실 수 있습니다. (CIP제어번호 : CIP2014027223)